© 2023 Paul Siegfried

Proof Verlag Erfurt
Inhaber: Maik Stock
Zum Kornfeld 12
99098 Erfurt

Lektorat: Nadine Hübener
Illustrationen: Anja Zapf
Layout, Satz & Druck: Druckerei Schöpfel GmbH,
Weimar
Gedruckt auf SALZER EOS

ISBN: 978-3-949178-18-4

Weitere Informationen unter:
www.proof-verlag.de
www.paulsiegfried.de

Paul Siegfried

SALZUNGER SOMMER

***

Kommissar Zürn geht baden

Viel Spass damit!

paulsiegfried

30.04.23

Mit dabei sind:

Charlotte von Lößnitz, genannt „Charlie":
fühlt sich manchmal heimatlos.

Ihr Neffe Linus:
mag keine Veränderungen.

Der ehemalige Gerichtsmediziner Günther Geist:
kennt fast alle Kirchen in der näheren Umgebung.

Polizeiobermeister Heribert Stauch:
sehnt sich nach seiner Datsche am Stadtrand.

Zudem ein *gutes Dutzend Hühner der Rasse „Deutsches Reichshuhn",* sowie verschiedene Lokalitäten und touristische Blickpunkte rund um den Bad Salzunger Burgsee. Auch das beliebte „Schlossberg Hell" aus der Apoldaer Vereinsbrauerei spielt eine nicht unwesentliche Rolle. Ähnlichkeiten mit lebenden Personen sind in dieser Erzählung jedoch nicht beabsichtigt und entspringen ausschließlich der Fantasie des Lesers.

Es war ein früher Morgen Ende Juli. Arno Zürn, Kriminalhauptkommissar im Ruhestand, lag mit geschlossenen Augen wach. In den Baumkronen vor seinem halb geöffneten Fenster lärmten die Vögel, während er beharrlich versuchte, sich an den Traum der vergangenen Nacht zu erinnern.

In seiner Vorstellung mischten sich weite, bis an den Horizont reichende Fichtenwälder mit dem Gelb blühender Rapsfelder, stille Dörfer ruhten friedlich in sonnigen Landschaften und über allem schwang der entfernte Klang von Kirchenglocken. Merkwürdigerweise glaubte er dazwischen auch das aufgeregte Gackern von Hühnern zu hören. Trotz aller Anstrengung wollte es ihm nicht gelingen, die unscharfen Bilder miteinander zu verknüpfen. Wie Seifenblasen tanzten sie vor seiner Nase und wichen zurück, sobald er sie fassen wollte.

Ein einziges Durcheinander.

Schließlich gab er auf und öffnete die Augen. Vom nahen Main drang das dunkle Tuckern eines Schiffsdiesels. War es wirklich schon ein Jahr her, dass er seinen Schreibtisch im Kommissariat geräumt hatte? Es kam ihm vor, als wäre es erst vor einer Woche gewesen. Entweder hatte er inzwischen ein völlig neues Zeitgefühl entwickelt, oder es war ihm schlichtweg abhandengekommen.

Mittlerweile war es taghell. Auch heute würde es sicher wieder genauso affenheiß werden, wie die Tage zuvor. Zürn starrte zur Decke. Eine nervöse Anspannung kroch in ihm hoch, etwas beunruhigte ihn. Dann fiel es ihm wieder ein und er war plötzlich hellwach. Heute war sein Geburtstag! Sein Fünfundsechzigster auch noch. Fünfundsechzig! Wie sich das anhörte; ein alter Mann, das Leben gelebt, bald siebzig. Was gab es da zu feiern? Auch so hatte er nichts übrig für derartige Geselligkeiten, und bislang war es ihm fast immer gelungen, sich ausgerechnet auch an diesem Tag so gut wie unsichtbar zu machen. Wofür gab es schließlich Dienstpläne. Aber nun, ehrenvoll in den Ruhestand verabschiedet und den ganzen Tag zu Hause, sah die Sache anders aus. Am liebsten hätte er sein Telefon heute abgestellt. Und auch noch die Haustürklingel. Aber auch ohne derartige Ausweichmanöver war ihm klar, dass er so einfach nicht davonkommen würde. Irgendwie musste er diesen Tag überstehen, auch wenn ihm davor graute.

Die Glückwünsche, die Fragen nach seinem Wohlergehen und natürlich nach seinen Plänen, weil er doch jetzt alle Zeit der Welt hatte. Wie wäre es mit einer schönen Reise, Kultur und so? Oder etwas Gemeinnütziges, im Verein mit Anderen. Was sollte er darauf antworten? Und was war denn nun wirklich mit seinen Plänen, mit den Tagestouren entlang des Main-Radwanderwegs zum Beispiel, für die er sich im Frühjahr extra ein teures E-Bike gekauft hatte? Mal war es das Wetter, mal fühlte er sich unausgeschlafen, mal lustlos oder sonst irgendwie unwohl. Ein einziges Mal war er damit bei schönstem Sonnenschein ein Stück Richtung Würzburg geradelt. Er kam allerdings nur bis zu einem überfüllten Biergarten Höhe Retzbach, wo er nach einer längeren Pause gleich wieder kehrtmachte, da es ihm schien, als hätte sich der Himmel ein wenig verdunkelt. Seitdem stand das neue Fahrrad verschlossen im Keller.

Obendrein plagte ihn gerade heute sein Rückenleiden wieder besonders heftig. Im Dienst, in dauernder Bewegung, war es ihm meistens irgendwie gelungen, diese Beschwerden zu ignorieren. Aber nun, ohne die tägliche Anspannung, machte sich das stechende Ziehen und Zerren am unteren Ende der Wirbelsäule immer heftiger bemerkbar. Hauptsächlich morgens, nach dem Aufstehen. Die ersten Schritte fielen jedes Mal schwer. Bis es ihm gelang, sich einigermaßen gerade aufzurichten. An manchen Tagen war es so arg, dass er jeden Widerstand aufgab und sich mit einem Schwung Zeitungen zu Hause verkroch wie ein Dachs in seinem Bau. Selbst jetzt, während er einfach nur dalag und reglos auf die zunehmenden Geräusche des beginnenden Tages lauschte, spürte er einen schmerzhaften Druck im Lendenwirbel. Vielleicht war es auch die Bandscheibe.

Schon oft hatte er sich in letzter Zeit vorgenommen, etwas dagegen zu unternehmen; mehr Bewegung, Gymnastik, täglich aufs Fahrrad, was auch immer. Auch an eine neue Matratze hatte er bereits gedacht. Orthopädisch geprüft natürlich, mit speziell ausgetüftelten und unterschiedlichen Liegezonen und als Höhepunkt der Erneuerung einen elektrisch verstellbaren Lattenrost. Koste es, was es wolle! Insgeheim ahnte er jedoch, dass sich seine Beschwerden selbst mit einer solchen Wundermatratze plus Fernbedienung nicht ohne Weiteres in Luft auflösen würden. Da bräuchte es schon mehr. Schwimmen in der Therme zum Beispiel. Aber wie sollte er das anstellen? Er besaß schon lange kein eigenes Auto mehr. Also blieb nur der Zug von Karlstadt nach Bad Kissingen, dann mit der vollgepackten Badetasche hinauf zur Therme und anschließend die ganze Tour wieder zurück. Ausgeschlossen!

Ein frischer Luftzug strich durch das gekippte Schlafzimmerfenster und verfing sich in den Vorhängen. Ächzend erhob sich Zürn und tappte in die Küche. Vom nahen Rathaus schlug es sieben. Er kam sich auf einmal uralt vor. Seinetwegen hätte es heute auch regnen können. Wenigstens war es ihm gestern im letzten Moment noch gelungen, unter Vortäuschung einer leichten Erkältung, den angekündigten Besuch seiner älteren Schwester samt Anhang abzuwenden.

Kaum hatte er die Kaffeemaschine angestellt, klingelte das Telefon. Hoffentlich waren das nicht schon die Jungs seiner alten Dienststelle, dachte er zerstreut und warf einen schnellen Blick auf die Rufnummer. Für deren Flachsereien über sein Rentnerdasein fühlte er sich noch nicht in Form. Es war jedoch sein Cousin Dietrich aus Krefeld, der anrief. Ein notorischer Frühaufsteher und begeisterter Langstreckenläufer, der bei allem, was er tat, immer in Eile war. Wie gehetzt.

Zürn nahm ab.

„Hallo Dietrich!"

„Na, habe ich dich etwa geweckt?"

Er rief zwar selten an und wenn, dann in aller Frühe, aber jedes Mal wieder meldete er sich mit diesem ausgeleierten Spruch, dieser boshaften Floskel für alle unverbesserlichen Schlafmützen, die ihr Leben verpennten wie die Murmeltiere. Allerdings meinte er es tatsächlich ernst damit. Ihm war völlig unverständlich, wie man um diese Uhrzeit womöglich noch im Bett liegen konnte, statt den neuen Tag im Laufschritt anzugehen.

„Also! Erst einmal herzlichen Glückwunsch zum Geburtstag!"

Zürn schwieg.

„Und dann habe ich noch eine Überraschung für dich."

Eine Überraschung, ausgerechnet von seinem Cousin. Was sollte das sein?

„Bist du noch dran?"

Zurückhaltend brummte Zürn etwas ins Telefon. Dietrich legte sich ins Zeug und wurde lauter.

„Hör zu! Was sagst du zu ein paar Tagen Erholung mit allem Drum und Dran in einem gemütlichen Kurbad, jeden Tag ein paar Stunden in heißer Sole? Alle möglichen Anwendungen, nur das Beste für deine Gesundheit, samt Unterkunft in einer kleinen, romantischen Privatpension. Sehr komfortabel. Du wirst sogar vom Bahnhof abgeholt. Und das Ganze kostet dich nicht eine müde Mark. Bis auf deine persönlichen Ausgaben natürlich. Wäre das nichts?"

Als erfahrener Ermittler hatte Zürn zwar keinerlei spirituelle Neigungen, das wäre in seinem Beruf auch nicht hilfreich gewesen, da zählten Tatsachen. Aber dass ihm ausgerechnet jetzt ein Kuraufenthalt angetragen wurde, machte ihn nun doch stutzig. Auch noch zu seinem Geburtstag! Klang beinahe wie eine Verschwörung, wenn auch zu seinen Gunsten.

„Du meinst eine richtige Kur, mit Dampfbädern und so?"

„So ähnlich. Das Ganze nennt sich Wellness-Auszeit. Kur hin, Kur her. Ist jetzt auch egal. Jedenfalls ist es was Gesundes."

„Wie kommst du denn darauf?"

„Hab ich gewonnen. Beim letzten Stadtlauf. War der erste Preis, aber ich kann nichts damit anfangen, und da habe ich gleich an dich gedacht. Du hast doch dieses Malheur mit dem Rücken. Ist das noch aktuell?"

Das war mehr als ungewöhnlich! Gerade sein Cousin Dietrich, dieser alte Pfennigfuchser, der zweimal die Woche jeden Discounter im näheren Umkreis nach Sonderangeboten ablief, hatte etwas zu verschenken. Wo war der Haken?

„Ja, ab und zu. Wieso machst du das nicht selbst?"

Dietrich saugte an seinem Energie-Getränk und rülpste dezent ins Telefon. Zürn hielt den Hörer zur Seite.

„Weil ich mich zur selben Zeit bereits für den Berliner Vollmond-Marathon angemeldet habe. Da muss ich diesmal unbedingt dabei sein. Die rechnen fest mit mir. Außerdem brauche ich keine Kur oder was auch immer. Ich halte mich selber fit. Du verstehst?"

Ja, dachte Zürn, das war nicht zu überhören.

Eine Kur, Wellness. Was für ein albernes Zeug. Was sollte er da und was machte man eigentlich während einer solchen Kur oder wie immer das hieß? Man konnte doch nicht den ganzen Tag lang in einer warmen Brühe treiben. Egal, wie heilsam das auch sein sollte. Das hielt doch kein Mensch aus. Schon gar nicht bei dieser Hitze. Zürn schauderte es. Eingehüllt in einen weißen Bademantel sah er sich im Liegestuhl am Beckenrand dösen, während aus den Lautsprechern in der Decke entspannte Musik herabrieselte. Ringsum dezentes Gemurmel und Geplätscher, ein ständiges Kommen und Gehen. Es war feuchtschwül in der riesigen, glasüberdachten Halle, manchmal zog es auch von irgendwoher. Zäh vergingen die Stunden zwischen den einzelnen Mahlzeiten, jeden Tag die gleichen Abläufe. Bei dem Gedanken daran, fielen ihm beinahe die Augen von selber wieder zu.

Dietrich schnaufte ungeduldig ins Telefon. Wahrscheinlich hatte er längst seine Laufschuhe geschnürt und stand zappelnd in den Startlöchern. Sein Angebot kam so unerwartet, dass Zürn nicht recht wusste, wie er darauf reagieren sollte. Andererseits – war dies nicht genau die Herausforderung, die er schon so lange vor sich her schob, und hatte er sich nicht erst heute Morgen wieder vorgenommen, seine Rückenprobleme endlich entschlossener

anzugehen? Und zwar nicht allein dadurch, dass er sich eine neue Matratze mit elektrisch verstellbarem Lattenrost anschaffte, sondern von Grund auf, mit Übungen, mit ernsthaften Anstrengungen, wenn es auch schwerfiel. Aber die gequälten Verrenkungen, die er morgens vollführen musste, bis er sich einigermaßen bewegen konnte, waren so auch nicht länger zu ertragen. Er räusperte sich zurückhaltend.
„Wo soll das denn sein, ich meine, ist es weit von hier?"

Er hörte seinen Cousin Dietrich mit Papieren rascheln und hoffte, dass es nicht Bad Kissingen, Bad Bocklet oder sonst eines der Bäder hier in der Nähe war, wo ihn womöglich noch jemand dabei erkannte, wenn er mit einem Handtuch über der Schulter und Gummischlappen an den Füßen zu seinen täglichen Anwendungen schlurfte.
„Es ist", druckste Dietrich, „also, es ist irgendwo in den neuen Bundesländern."
„Im Osten?"

Von einer Sekunde auf die andere hatte sich der Himmel vor dem Küchenfenster verdunkelt. Ein ferner Donner war zu hören und gleich darauf begann es heftig zu schütten. Zürn legte den Hörer beiseite, stand auf und öffnete das Fenster. Flutartig schoss das Wasser unter ihm über das Kopfsteinpflaster, schon liefen die Rinnsteine über und überschwemmten die Gehwege zu beiden Seiten der Allee. Ein typisches Sommergewitter. Unerwartet aus heiterem Himmel, das einen bis auf die Knochen durchnässte, bevor man noch dazu kam, den Regenschirm aufzuspannen. Falls man überhaupt einen dabei hatte. Eigentlich genau der richtige Zeitpunkt für ein entspanntes Bad in heilsamer Sole, dachte sich Zürn und schloss mit einem letzten Blick nach unten das Fenster.

Ein lange vernachlässigtes Gefühl von Freiheit überkam ihn mit einem Mal. Er war ja nun tatsächlich völlig unabhängig, ohne jegliche Verpflichtung. Kein Dienst, keine endlosen, übermüdeten Nachtschichten mehr, nicht einmal Verwandtschaft, die ihm auf die Nerven gehen konnte. Bis auf seine ältere Schwester, aber die wohnte erfreulicherweise weit genug weg. Irgendwo im Badischen, fast schon am Bodensee. Er konnte also gehen, wohin er wollte. Nichts hielt ihn. Er war frei. Nur die wöchentliche Skatrunde im Gasthaus Stern müsste er vorher noch absagen, fiel ihm gerade ein. Aber das war das Geringste. Neugierig geworden, nahm er den Hörer auf.

„So, da bin ich wieder. In den neuen Bundesländern sagst du? Na ja. Wenn es nicht gerade in der hinteren Mongolei ist."

„Also nimmst du an?"

„Langsam. Jetzt sag mir erst mal, wo genau das ist."

So schlagartig, wie das Gewitter gekommen war, hatte es sich auch wieder verzogen. Grelles Morgenlicht blitzte jetzt durch die nassen Fensterscheiben. Zürn hörte, wie Dietrich Luft holte.

„In Thüringen. Bad Salzungen heißt das Städtchen, liegt nicht weit von Eisenach weg. Ist ganz schön dort. Jedenfalls dem Prospekt nach zu urteilen, den sie mir geschickt haben. Es gibt da sogar einen riesigen See mitten in der Stadt. Stell dir das mal vor!"

Er klang vor lauter Begeisterung wie einer dieser Losverkäufer, die einem am Telefon einen Gewinn aufschwatzen wollten. Ein See in der Stadtmitte! Was wollte er damit sagen? Abwesend trommelte Zürn einen Marsch auf der Tischplatte, während er versuchte, sich Thüringen auf der Landkarte vorzustellen.

Ziemlich genau in der Mitte Deutschlands gelegen, wenn er sich recht erinnerte. Dazwischen, ständig die Landesgrenzen wechselnd, die weite Rhön mit ihren bruchlosen Übergängen zu Bayern und Hessen. Mit dieser vertrackten Geographie hatte er schon immer seine Schwierigkeiten. Jedes Mal wieder, wenn er in dieser Region einmal privat unterwegs gewesen war, hatte er nach einer Weile das Gefühl, immerzu im Kreis zu fahren. War er jetzt noch in Hessen oder schon in Thüringen? Alle paar

Kilometer wechselten die Landkreise auf den Ortsschildern, und während er noch versuchte, seinen Standort auf der Autokarte zu bestimmen, kurvte er ungewollt längst wieder durch Bayern. Verwirrend. Coburg fiel ihm noch ein. Ehemals zu Thüringen gehörend und einst in den Zwanzigerjahren des vorigen Jahrhunderts, per Volksentscheid zu Bayern gekommen. So viel war ihm noch aus einer Klassenfahrt zur Veste Coburg, auch die „Fränkische Krone" genannt, im Gedächtnis. Hatte Martin Luther hier nicht auch für ein paar Monate Station gemacht? Zürn kam durcheinander. Geschichte war nicht sein Ding, zumal er sich seinerzeit wesentlich stärker für eine Mitschülerin namens Hildegard interessierte, als für die Ereignisse rund um die Reformation. Wie den meisten fiel ihm zu Thüringen zuallererst die Wartburg ein, wenn auch nur als Abbildung auf Postkarten, Wandteppichen und sonstigem Trödel. Irgendwas mit einem Sängerwettstreit kam ihm noch in den Sinn, dazu die Bilder von bunten Burschenschaften und nationalen Versammlungen; was die Schule damals halt so hergab. Die Zusammenhänge waren ihm jedoch nicht mehr geläufig. Auch zu Luther selbst wusste er nicht viel zu sagen, bis auf die Sätze aus einer Tischrede, in der jener von einer beängstigenden nächtlichen Heimsuchung auf der Wartburg berichtete: Nüsse seien gegen die Balken geknallt, am Bett habe es gerumpelt und draußen auf der Treppe lautstark gepoltert. Das hatte Zürn seinerzeit schwer beeindruckt; dass es selbst den wortgewaltigen Reformator vor dem Teufel gruselte und er sich anscheinend nicht anders zu helfen wusste, als mit einem Tintenfass nach ihm zu werfen. Auch das der Teufel angeblich mit Nüssen knallte. Mit Nüssen! Höllisch geschwefelt natürlich. Schwer vorstellbar. Und dann natürlich die Deutsche Klassik! Goethe in Weimar, Schiller in Jena, Erlkönig und Glocke, Anfangsverse fürs Leben. Auf ewig fest gemauert in endlos langen Schulstunden, während draußen der Sommer lockte und jeder auf das Bimmeln der Pausenglocke wartete.

Zürn verlor sich in Gedanken. Eine Stadt namens Bad Salzungen war ihm bisher noch nicht untergekommen, hörte sich aber zunächst ganz lauschig an. Nach Salz und Sole, nach Wind und Wetter, Wald und Wiese. Wo in Thüringen lag sie eigentlich? Mittendrin, oder nahe der ehemaligen Grenze? Egal, auf alle Fälle weiter weg. Inzwischen sah er die Angelegenheit wesentlich entspannter als noch zu Beginn des Telefonats. Eine ruhige Zeit in ländlicher Umgebung würde ihm sicher guttun. Und wenn er seinen Cousin richtig verstanden hatte, war das Ganze obendrein nicht einmal mit größeren

Ausgaben verbunden. Dietrich drängelte.

„Und, was meinst du nun dazu? Es ist übrigens eine Pension Garni. Das heißt also, es gibt nur Frühstück. Sehr praktisch. Du musst dich nicht an feste Zeiten halten und kannst den ganzen Tag über tun, was du willst. Am besten, ich schick dir gleich mal die Unterlagen. Bis zum Wochenende hast du Zeit, es dir zu überlegen. Dann verfällt der Gutschein. Wenn ich es heute noch wegbringe, hast du den ganzen Kram vielleicht schon morgen früh. Ich muss los."

Gerade hatte Zürn sich zu einer vorsichtigen Zusage durchgerungen und suchte noch nach den passenden Worten, da rauschte es auch schon in der Leitung.

„Hallo! Dietrich. Bist du noch dran?"

Auch das gehörte zu den Eigenarten seines Cousins. Er hatte, wie meistens, einfach aufgelegt. Wahrscheinlich war er bereits davongelaufen. Ohne jedes weitere Wort. Was soll's, dachte Zürn. Telefonate mit ihm waren ohnehin wenig unterhaltsam.

***

Am nächsten Morgen lag tatsächlich schon Post von Dietrich im Briefkasten. Zürn schenkte sich einen Kaffee ein und öffnete den dicken braunen Umschlag. Die Pension hieß „Werra Blick" und warb in ihrer knappen Beilage mit einem Aufenthalt in unverfälschter Natur und mit kurzen Wegen ins Stadtzentrum von Bad Salzungen, inklusive einer Bushaltestelle direkt vor der Haustür. Zudem enthielt der Umschlag noch jede Menge Prospekte, einen Stadtplan und eine bunte, mehrfach gefaltete Informationsbroschüre über Bad Salzungen und seine Geschichte. Auf der Vorderseite leuchtete ein breit auseinandergezogenes Panoramabild mit einem geschwungenen Schriftzug darüber. „Bad Salzungen, die grüne Kurstadt an der Werra", las Zürn. An der Werra also. Er hatte sie, in Erinnerung an die Dichterfürsten aus Weimar und Umgebung, eigentlich eher an der Ilm vermutet, die, davon abgesehen, auch der einzige Fluss war, der ihm zu Thüringen einfiel. Gespannt faltete er das Blatt auseinander.

Ein großer kreisrunder See bildete den Mittelpunkt der Ansicht. Es musste eben jener See sein, den Dietrich so lebhaft erwähnt hatte. Er war wirklich sehr groß. Die Fotografie war so aufgenommen, dass man den Eindruck hatte, direkt am Uferrand zu stehen. Ringsum wuchs dichtes Schilf, hier und da führten schmale Holzstege hinaus auf das glatte Wasser. Auf der gegenüberliegenden Seite ragten die Giebel und Erker historischer Villen und Bürgerhäuser aus dem Grün des Hanges und davor ein lang gestrecktes, helles Gebäude mit unzähligen Fenstern und glänzendem Schieferdach. Offenbar das neue Kurhaus, 1939 an Stelle des alten Kurhauses eröffnet. So stand es in der Beschreibung. Mit Restaurant im Erdgeschoss und einigen darüber liegenden, komfortablen Hotelzimmern. Trotz der nüchternen Bauweise wirkte es durch den hohen Säulengang in klassischem Altweiß über seine ganze Breite angenehm zeitlos. Als stände es schon immer inmitten der alten Häuser und Gärten. Alles sah nach ruhigem Müßiggang aus, mit einem Hauch großbürgerlicher Vornehmheit aus vergangenen Tagen. Aber auch ein wenig langweilig, oder besser gesagt, unaufgeregt.

Obwohl Zürn die Vorstellung eines beschaulich verdämmerten Kuraufenthaltes einige Überwindung kostete, musste er sich eingestehen, dass Dietrichs Angebot nicht so einfach auszuschlagen war. Ob nun Kur oder Wellness, im Grunde kam es wie gerufen. Er könnte das Ganze ja auch als Einladung zu einer heiteren Sommerfrische ansehen, als eine erholsame Landpartie, die ihm unerwartet zugefallen war. Das klang schon gleich poetischer, nicht so gebrechlich nach Dampfbädern und klinischer Behandlung, sinnierte Zürn beim Betrachten des Sees mit seiner beschaulichen Uferpromenade. Und er könnte endlich einmal Fontane lesen. Die Wanderungen durch die Mark Brandenburg zum Beispiel, die er bereits zweimal angefangen und dann nach ein paar Seiten jedes Mal wieder beiseite gelegt hatte, weil ihm einfach die Ruhe dafür fehlte. Oder halt einen dieser amerikanischen Kriminalromane, wenn das mit Fontane nichts wurde. Egal. Hauptsache, er kam am Ende auf andere Gedanken, statt andauernd mit seinem Rentnerdasein zu hadern.

Wie klar die Dinge auf einmal wurden! Ohne noch länger zu überlegen, griff Zürn zum Telefon und wählte die Nummer der Bad Salzunger Kurverwaltung. Dass er dabei einen handgeschriebenen Zettel vom Tisch fegte, den es bis unter die Küchenbank wehte, bemerkte er nicht.

***

Es war knüppelheiß, als Arno Zürn in Bad Salzungen ankam. Eine trockene, alles überziehende Sommerhitze flimmerte über den weiten Bahnhofsvorplatz, die ihn gleich wieder an seiner Unternehmung zweifeln ließ. Bei den Temperaturen ins Solebad? Er stellte seine Tasche ab und hielt Ausschau nach dem versprochenen Auto von der Pension „Werra Blick". Ein riesiges Einkaufscenter mit eigenem Parkdeck am anderen Ende des Platzes versperrte den Blick stadtauswärts. Von der Werra selbst war nichts zu sehen und weit und breit auch kein Wagen, um ihn abzuholen. Dafür hielt jetzt der Stadtbus direkt vor seiner Nase. Mit einem leisen Zischen öffneten sich die Türen. Niemand stieg aus, niemand ein. Der

Fahrer lag mit beiden Armen auf dem großen Lenkrad und blickte unbewegt geradeaus. Nach einer Weile sah er auf seine Armbanduhr und richtete sich auf. Mit dem gleichen Zischen wie zuvor schlossen sich die Türen wieder und der Bus fuhr davon.

Zürn wurde unruhig. Ihm war flau im Magen und wie so oft hatte er nicht daran gedacht, eine Flasche Wasser für unterwegs mitzunehmen. Ein alter, ringsum verschrammter Ford Bus bog in die Busspur, fuhr langsam an ihm vorbei und hielt schließlich am anderen Ende vor dem historischen Wasserturm. Aus seinem Schatten trat jetzt eine Frau. Sie trug ein weites, ärmelloses Sommerkleid, das ihr bis zu den Knöcheln reichte, und zog einen großen Rollkoffer hinter sich her. Der Ford hielt und ein Mann stemmte sich schwerfällig heraus. Er war untersetzt, von fast quadratischer Statur und mindestens einen Kopf kleiner als die Frau in dem Sommerkleid. Sie umarmten sich flüchtig wie alte Bekannte. Seine Hände lagen dabei einen Moment lang auf ihrem Hintern, was selbst auf diese Entfernung unbeholfen komisch aussah. Er ließ sie wieder los, verstaute den Koffer auf dem Rücksitz und öffnete die Beifahrertür. Dann stiegen sie beide ein und fuhren zügig Richtung Innenstadt davon.

Ratlos sah Zürn ihnen hinterher. War das etwa der angekündigte Fahrer von der Pension gewesen?

Warum hatte er ihn dann nicht mitgenommen?

Die Mittagshitze wurde unerträglich. Bis auf ein paar dünne, noch jugendlich schlanke Bäumchen und ein Wartehäuschen mit durchsichtiger Bedachung, gab es weit und breit keinen Schatten. Linker Hand drehte sich ein lebhafter Kreisverkehr, mit Ausfahrten in alle vier Himmelsrichtungen, und auf der gegenüberliegenden Straßenseite stieg ein buntes Panorama aus Fachwerkhäusern und engen Gassen bergan. Weiter oben musste die Evangelische Stadtkirche Sankt Simplicius sein, wie sich Zürn aus dem Tourismus-Prospekt erinnerte. Mehrmals abgebrannt, verwüstet und immer wieder aufgebaut. Bestimmt ist es in ihrem Inneren jetzt wunderbar kühl, stellte er sich vor. Nur hier, auf dem fast menschenleeren Bahnhofsvorplatz, knallte die Sonne ungehindert auf das helle Pflaster und brachte ihn bald um den Verstand. Wo, zum Teufel, blieb das Auto von der Pension?

Seine anfänglichen Bedenken zu der ganzen Unternehmung kamen wieder hoch. Dietrichs launige Darstellung dieser himmlischen Heil- und Erneuerungstour war ihm schon gleich verdächtig erschienen, zumal er von dem vernagelten Langläufer solche Begeisterung nicht gewohnt war. Außer, es ging um seinen Sport. Und überhaupt; wen verlangte es bei diesen schweinischen Temperaturen schon nach warmen Bädern? Aus der Ferne tönte das Heulen einer Sirene. Krankenwagen oder Feuerwehr, die Polizei? Auf jeden Fall nichts Gutes, irgendein Unheil, wenn nicht gar eine Katastrophe. Zürn pappte die Zunge am Gaumen und die Wirbelsäule schmerzte vom langen Stehen. Nirgendwo ein Kiosk in der Nähe und auch das monumentale Einkaufszentrum war ein ganzes Stück zu weit entfernt, um mal eben für ein Wasser dorthin zu laufen.

Bestimmt gab es doch eine Telefonnummer von dieser Pension. Er bückte sich zu seiner Reisetasche und kramte nach den Unterlagen, die Dietrich ihm geschickt hatte. Kaum hatte er sich wieder aufgerichtet, klingelte sein Telefon, das er dummerweise in dem eigens dafür aufgenähten Fach mit Klettverschluss, an der linken Seite der Reisetasche, verstaut hatte. Erneut ging er in die Hocke und nahm sich nun endgültig vor, Dietrichs Offerte einfach sausen zu lassen und mit dem nächsten Zug wieder nach Hause zu fahren, sollte nicht gleich das versprochene Auto von der Pension auftauchen. Der Klettverschluss hielt fest wie zugenäht und als er ihn endlich aufbekommen hatte und wieder gerade stand, war ihm so schwindelig, dass er nicht gleich die Anruftaste auf dem kleinen Klapphandy erwischte. Beinahe wäre es ihm dabei auch noch aus der Hand gerutscht.

„Was gibt es?"
„Spreche ich mit Herrn Zöhörn?"
„Nein, Sie sprechen mit Herrn Zürn."
„Sind Sie denn schon angekommen?"

Zürn zwang sich zur Ruhe. Er behielt die Tasche im Auge und ging die paar Schritte zu dem überdachten Wartehäuschen. Erleichtert ließ er sich auf die hölzerne Bank fallen. Die flimmernden Sternchen vor seinen Augen verblassten, auch das Summen in den Ohren ließ nach.

„Jetzt mal langsam. Wer sind Sie?"
„Linus. Sie tragen ein kariertes Hemd und Ihre Reisetasche ist grün, mit Lederbesatz?"
„Ja, verdammt nochmal! Was soll das?", schnauzte Zürn zurück.
„Bleiben Sie, wo Sie sind. Ich bin in fünf Minuten bei Ihnen."

Er hatte aufgelegt. Zürn klappte das Handy zu und steckte es diesmal in seine Hosentasche. Für alle Fälle. Die Sonne schien, der Himmel über Bad Salzungen erstreckte sich in einem fugenlosen Blau und er fühlte sich auf einmal heimatlos. Wie strafversetzt. Vielleicht sollte er einfach in den nächsten Zug nach Hause steigen und die ganze Geschichte vergessen. Die Rückfahrkarte war ja schon im Preis inbegriffen. Abgekämpft lehnte er sich zurück und breitete die Arme auf der hölzernen Lehne aus.

Unter dem durchsichtigen Schutzdach war es nicht ganz so drückend wie auf dem Bahnhofsplatz, seine Reisetasche, grün mit hellem Lederbesatz, stand in Sichtweite. Kein Mensch weit und breit. Ein schwaches Lüftchen fächerte angenehm über sein erhitztes Gesicht und er war drauf und dran, sich der Länge nach auf der Bank auszustrecken. Eintönig rauschte der Verkehr vorüber und ihm fielen tatsächlich für einen Moment die Augen zu. Ein Motorengeräusch kam näher.

„Herr Zöhörn?"

Zürn schreckte hoch. Vor ihm stand der gedrungene Mann aus dem alten Ford und musterte ihn mit wachen Augen wie einen Landstreicher, der sich ordnungswidrig auf öffentlichen Plätzen herumtrieb. Er trug eine grasgrüne, mit unzähligen Farbspritzern gesprenkelte Latzhose und sein weißer, zotteliger Bart hing ihm bis auf die Brust. Benommen fuhr Zürn sich durch die Haare und sah als Erstes nach seinem Gepäck. Es war weg! Überstürzt sprang er auf. Prompt meldete sich die Bandscheibe mit einem stechenden Schmerz.

„Wo ist meine Reisetasche?"

„Im Auto."

Ohne ein weiteres Wort drehte er sich um und ging zu seinem Bus, der mit laufendem Motor in der Haltebucht stand. Eine Hand in die Hüfte ge-

stützt, tappte Zürn ihm steifbeinig hinterher. Der Dicke lehnte in der offenen Fahrertür und machte so etwas wie eine einladende Handbewegung.
„Willkommen in der Pension ‚Werra Blick'", brummte er undeutlich in seinen Bart. Ein Bass wie eine Kirchenorgel. Es hätte auch alles andere heißen können. Zürn richtete sich gerade auf, ihm tat alles weh.
„Linus, nehme ich an?"

Er nickte nur kurz und wuchtete seine quadratische Gestalt hinter das Lenkrad. Mit einer Kopfbewegung forderte er ihn auf einzusteigen und Zürn zwängte sich umständlich neben ihn auf den Beifahrersitz. Es war stickig in der Karre, ein süßes Parfüm hing in der Luft und das Armaturenbrett lag voller toter Fliegen. Das Radio lief, gab aber nur ein verwackeltes Geräusch von sich, das sich anhörte wie das Knistern einer Zündschnur. Linus hieb mit der Hand einmal fest auf die Ablage. Augenblicklich verstummte das Knistern. Dafür summte und brummte es jetzt im Wageninneren wie in einem Bienenstock. Sie fuhren los. Kaum waren sie am Wasserturm an der Ecke, zog Linus auch schon eine Fliegenklatsche aus der Ablage der Fahrertür und fing an, damit um sich zu schlagen. Zürn rückte so gut es ging zur Seite, kurbelte das Fenster herunter und hielt nach Luft schnappend seine Nase in den Wind. Noch immer im zweiten Gang, bogen sie in den Kreisverkehr und nahmen die Ausfahrt Richtung Möhra. Ich bin in fünf Minuten bei Ihnen, hatte Linus am Telefon gesagt. Also konnte die Fahrt nicht allzu lang dauern, beruhigte sich Zürn. Egal. Hauptsache, weg von hier; ein schattiges Plätzchen und irgendwas Kaltes zu trinken. Mehr wollte er für den Augenblick nicht.

Sie fuhren auf einer löchrigen, immer enger werdenden Straße stadtauswärts und überquerten die Werra. Viel war nicht zu erkennen. Zürn hatte sich den Fluss eindrucksvoller vorgestellt, aber er sah im Vorbeifahren nur einen breiten, von dichtem Gestrüpp gesäumten Wasserlauf ohne wahrnehmbare Strömung. Es ging leicht bergan. Wenigstens hielt der Fahrtwind jetzt die lästigen Fliegengeister in Schach. Linus umklammerte das Lenkrad mit beiden Händen und sah starr nach vorn. Sein Fahrstil entsprach in etwa seiner Art, sich auszudrücken; bockig, einsilbig und ohne erkennbare Übergänge. Nachdem er beinahe einen Radfahrer in die Böschung gedrängt und eine Mülltonne am Straßenrand umgefahren hätte, zog er in einer leichten Kurve den Ford unvermittelt heftig nach links. Wie geknechtet ächzte der alte Bus in den Federn und Zürn biss die Zähne zusammen. Ohne vom Gas zu gehen, rauschten sie durch eine breite Einfahrt auf ein parkähnliches Grundstück. „Täglich frische

Eier!", konnte Zürn gerade noch auf einem Schild an einer der beiden steinernen Säulen lesen. Der Ford wurde langsamer. Eine bunte Schar Hühner schreckte hoch und rannte flügelschlagend davon.

Vor einer betagten Villa aus der Jahrhundertwende hielten sie schließlich an und Linus stellte den Motor ab. Ausgetrocknet und durchgerüttelt, heilfroh über das Ende dieser wüsten Fahrt, hangelte sich Zürn aus dem Wagen. Die Luft war hier frischer als unten in der Stadt. Ein sanfter Wind raschelte in den Blättern der beiden riesigen Kastanien vor dem Haus und auch die Hühner hatten sich wieder beruhigt. Nichts störte die ländliche Stille. Ein schmaler Bach schlängelte sich vorbei und verschwand unter den Bäumen am Rand des Parks. Neben dem Haus gab es sogar so etwas wie ein Schwimmbecken. Ein Rechteck aus moosbewachsenen Feldsteinen, ohne Filter, ohne Pumpe. Das Wasser kam direkt aus dem Bach und hatte den gleichen, undurchsichtigen Goldton. Außer Linus war niemand zu sehen. Nicht mal ein Hund kam zur Begrüßung auf sie zu.

Ein seltsamer Empfang, fand Zürn und blickte die Front des hohen Herrenhauses empor. Es wirkte vernachlässigt, wenn nicht sogar ein wenig heruntergekommen. Das rissige Fachwerk im oberen Stockwerk war dunkel, fast schwarz verbrannt von der Sonne, und die verputzten Flächen dazwischen bröckelten an den Rändern wie mürber Teig. Da war seit Langem nichts mehr gemacht worden. Unter dem Dachgiebel klebten verlassene Vogelnester und an der rechten Ecke hing eine verrostete Satellitenschüssel. Die breite, zweiflüglige Haustür mit ihren kunstvoll geschnitzten Füllungen stand offen.

Zürn war so erleichtert, wieder festen Boden unter den Füßen zu spüren, dass er erst auf den zweiten Blick die vielen Skulpturen ringsum auf dem weiten Gelände bemerkte. Verstreut, ohne erkennbare Anordnung, verborgen hinter hohen Hecken, zwischen Bäumen und Sträuchern, überall standen sie herum. Wie stille Wächter. Manche reckten die Arme zum Himmel, andere verbargen das Gesicht in den Händen oder kauerten mit gebeugtem Kopf auf ihrem Sockel. Sie wirkten verloren in dem verwilderten Gelände, vergessen und sich selbst überlassen.

Unterdessen hatte Linus schon die Reisetasche vom Rücksitz gezerrt und Zürn steuerte die offenstehende Haustür an. Auf der Treppe sah er sich noch einmal nach Linus um, der gerade mit der Tasche über der Schulter auf ein kleines Häuschen am Ende des Grundstücks zuging. Aus der nahen Küche des Herrenhauses drang das Klappern von Töpfen und Tellern. Unentschlossen blieb Zürn stehen. Linus war schon fast außer Sichtweite und ihm blieb wieder nichts anderes übrig, als ihm hinterher zu laufen. Mittlerweile hatte er einen gelinden Zorn auf diese stumme Art von Gastlichkeit. War das hier so üblich? Vorbei an den steinernen Gestalten, kurz vor dem Verdursten, sah er schließlich Linus in der Tür einer alten Kate am hinteren Grundstücksrand stehen und ihm zuwinken. Das niedrige, ziegelgedeckte Häuschen stammte wohl aus einer Zeit als die Menschen noch gebückt von der Last ihres Alltags gingen und Zürn musste den Kopf einziehen, als er in die dämmrige Diele trat.

Halbblind tappte er dem schweigsamen Hausherrn durch den dunklen Flur hinterher, an dessen Ende sie unvermittelt in einer niedrigen Küche standen. Es roch nach frischem Lavendel und Bohnerwachs. Über dem Herd hing blank geputztes Kupfergeschirr vor blau-weiß umrandeten Fliesen. Es sah aus wie in einem Heimatmuseum. Was Zürn jedoch sofort auffiel, war ein nagelneuer, halbhoher Kühlschrank mit rötlich schimmernder Temperaturanzeige, der wie ein neuzeitlicher Fremdkörper in der Ecke neben dem alten Küchenschrank mit den bunten Glastüren stand. Linus stellte die Tasche auf den Boden und öffnete die Kühlschranktür. Wortlos zog er zwei Apoldaer Schlossberg Hell aus der obersten Lage und setzte sich mit den Flaschen in der Hand an den Küchentisch. Zürn zwängte sich gegenüber in die Eckbank. Ihm hing vor Durst buchstäblich die Zunge aus dem Hals. Linus ließ die Bügelverschlüsse aufschnappen und schob ein Bier über den Tisch. Gläser gab es keine. Obwohl ihm ein Wasser jetzt lieber gewesen wäre, griff Zürn beherzt zu und setzte die Flasche an.

Ein Bier ist ein Bier; manchmal schmackhaft, manchmal bitter und mitunter ist es auch eines zu viel. Aber dieses hier! Aus Apolda! Ein wahrer Zaubertrank. Ein Elixier aus himmlischen Quellen rann Zürn die Kehle herunter und ließ ihn augenblicklich alle Not der letzten Stunden vergessen. Gleich sah die Welt anders aus; versöhnlich und friedlich, wie am Ende einer langen beschwerlichen Reise. Entspannt lehnte er sich zurück und betrachtete das bunte Flaschenetikett.

Apolda. War das nicht der Stammort aller Dobermänner, benannt nach ihrem Züchter, dem Steuereintreiber Karl Louis Dobermann? In der Hundestaffel bei der benachbarten Bereitschaftspolizei hatten sie damals noch welche. Zürn mochte sie nicht sonderlich. Ihm waren sie zu unruhig, zu angespannt, immer auf dem Sprung.

Linus klapperte mit dem Flaschenbügel und räusperte sich mehrmals umständlich. Entweder hatte er sich verschluckt oder es lag ihm etwas auf der Seele.

„Warum haben Sie denn nicht am Wasserturm gewartet? Dann hätte ich nicht zweimal fahren müssen."

Ein ganzer Satz. Er sprach; er konnte tatsächlich reden! Womöglich hatte das Apoldaer Bier seine Zunge gelöst; oder es fiel ihm hier, in seiner gewohnten Umgebung leichter, den Mund aufzumachen. Überrascht sah Zürn ihn an.

„Was meinen Sie damit? Davon weiß ich nichts. Sie hätten mich doch einfach fragen können. Warum haben Sie nicht angehalten?"

„Ich hatte Ihnen extra eine Notiz an unser Hausprospekt geheftet, dass Sie bitte am Wasserturm auf mich warten sollen. Ich kann doch nicht jeden mitnehmen, der da herumsteht."

Linus gurgelte sein Bier herunter und stand auf. Er warf die leere Flasche in den Kasten neben dem Kühlschrank und griff ein frisches Apoldaer.

„Auch eins?"

„Danke, ich habe noch" antwortet Zürn, der solche Trinkgeschwindigkeiten nicht gewohnt war. Außerdem war er kein besonders ambitionierter Biertrinker. Höchstens mal ein dunkles Weizen gegen den Durst. Wenn, dann eher Wein. Frankenwein natürlich.

Was für eine Notiz? Linus ließ sich wieder auf den Stuhl fallen. Nachdenklich starrte er einen Moment vor sich hin. Dann nahm er mit geschlossenen

Augen einen ordentlichen Zug.

„Es ist so", schnaufte er und wischte sich den Schaum aus seinem Bart. „Ich war mir einfach nicht sicher, ob Sie der richtige Mann sind, zumal Sie nicht am verabredeten Treffpunkt standen. Wir haben die Pension noch nicht lange angemeldet und es gibt, wie soll ich sagen, einige unerwartete Schwierigkeiten."

„Was meinen Sie damit?", unterbrach ihn Zürn.

„Nichts Bestimmtes. Was halt ist, wenn man sich nicht so richtig mit dem ganzen Kram auskennt", wehrte er ab. „Stimmt es, dass Sie ein ehemaliger Kommissar sind, auch noch von der Kriminalpolizei?"

„Wie kommen Sie denn darauf?"

Linus verzog keine Miene.

„Das stand auf der Anmeldung."

Dass auf der Anmeldung bei der Kurverwaltung sein einstiger Beruf als Kommissar angegeben sein könnte, war natürlich Quatsch. Warum auch.

„Auf der Anmeldung kann das nicht gestanden haben. Das ist Unsinn. Schon mal was von Datenschutz gehört?"

Linus sah ihn entrüstet an.

„Datenschutz! Was soll das sein? So was wie Datenschutz hatten wir früher jeden Tag, rund um die Uhr. Vierzig Jahre lang. Das braucht hier keiner mehr."

Verstimmt starrte er zum Fenster und zupfte an seinem dichten Bart. Zürn wartete.

„Na gut. Ihr Cousin hat mir das anvertraut. Ich sollte es eigentlich für mich behalten."

„Dietrich hat Ihnen das gesagt? Aber warum?"

„Ja, Dietrich hieß er, Hombach oder so ähnlich. Ist jetzt auch egal. Er hat mich gleich geduzt. Jedenfalls rief er mich an, um mir mitzuteilen, dass er seinen Gewinn nicht antritt und stattdessen Sie kommen. Ich war mir nicht sicher, ob das alles mit rechten Dingen zugeht. Ob ich das überhaupt so machen kann, einfach den Gast tauschen sozusagen. Und dann auch noch ein Kommissar! Das konnte ja auch eine Täuschung sein, eine Hinterlist, um uns hier auszuspähen. Was weiß ich! Die Welt ist ja voller Gemeinheiten. Ich hätte auch nie gedacht, dass bei diesem komischen Preisausschreiben überhaupt was herauskommt. Außer Erfahrung habe ich in meinem ganzen Leben noch nichts gewonnen."

„Ein Preisausschreiben?"

„Ja, die Kurverwaltung hat das angeleiert. Eine Werbemaßnahme für die Kurstadt Bad Salzungen. Ob wir gegen volle Kostenübernahme dabei mitmachen wollten, das würde auch unsere Pension bekannt machen und so weiter."

„Warum haben Sie denn daran teilgenommen?"

„Das weiß ich auch nicht mehr genau. Eigentlich habe ich gar nicht so richtig kapiert, um was es dabei ging. Die Karte von der Kurverwaltung lag halt im Kasten, ich habe sie ausgefüllt und zurückgeschickt und mir nichts weiter dabei gedacht. Außerdem war sie an mich adressiert. Wahrscheinlich ein Versehen. Meine Tante, oben in der Villa, weiß nichts davon. Ich habe einfach vergessen, es ihr zu sagen. Wenn sie das hört, gibt es Ärger. Sie ist da sehr eigen und will immer gefragt werden. Egal. Letzten Endes erfährt sie es spätestens bei der Abrechnung sowieso."

„Und weiter? Was hat mein Cousin noch gesagt?"

„Nix weiter. Er bat mich nur, Sie besonders rücksichtsvoll zu behandeln. Ich hätte es schließlich mit einem waschechten Kommissar zu tun, und die hätten so ihre Eigenheiten. Das waren genau seine Worte."

Zürn war fassungslos. Ein waschechter Kommissar! Was redete Dietrich da für einen Unsinn, und was für Eigenheiten meinte er eigentlich? War er mittlerweile völlig durcheinander von seiner ewigen Lauferei? Schon oft hatte Zürn sich gefragt, was ihn wohl dazu trieb, immerzu wie ein streunender Hund durch öffentliche Parks und Anlagen zu hecheln. Die dauernden Erschütterungen auf den verschiedenen Untergründen, die Ausweichmanöver vor Fahrradfahrern und Kinderwagen, das ständige

Gekeuche. Das konnte ja nicht ohne Folgen bleiben. Hatte Goethe denn jemals Sport getrieben? War er etwa jeden Morgen in kurzen Hosen durch den Park an der Ilm oder gar durch die Straßen von Weimar gerannt? Schwer vorstellbar. Das war halt der Unterschied.

Irritiert langte Zürn nach seinem Apoldaer Bier. Mittlerweile schmeckte es schal und abgestanden. Er schob es zurück. Sein Gastgeber hatte also ein Problem, das ihn beschäftigte, wie es sich anhörte und er war dank Dietrichs Geschwätzigkeit bereits als leibhaftiger Kommissar, wenn auch im Ruhestand, enttarnt. Zürn blickte aus dem Fenster über grüne Wiesen bis hinauf zum Waldrand. Die Stadt war von hier aus nicht zu sehen. Es war still. Auch die Hühner waren nicht zu hören. Nur die Fliegen summten. Linus erhob sich seufzend.

„Noch ein Frisches?"

„Nein danke. Was sind denn das für Schwierigkeiten, von denen Sie sprachen?"

Linus zögerte.

„Ach, so allerlei. Na, ja, manchmal kommt es halt dicke. Und Sie sind wirklich nur als Kurgast hier? Nicht als Kommissar?"

„Natürlich! Mein Cousin hat Ihnen doch sicherlich auch erzählt, dass ich nicht mehr im Dienst bin."

„Ja, gewiss", antwortete Linus, der wieder am geöffneten Kühlschrank stand. „Ich wollte es nur nochmal von Ihnen wissen."

Dafür, dass er sich anfänglich so unzugänglich gezeigt hatte, war er mittlerweile richtig redselig. Als wäre er erleichtert, sich endlich jemanden anvertrauen zu können. Noch dazu einem Kommissar. Zürn seufzte. Das Letzte, was er jetzt gebrauchen konnte, war die Verwicklung in irgendeinen, wenn auch noch so harmlosen, Kriminalfall, obwohl ihm die Umstände seiner Anreise schon seltsam vorkamen. Der kauzige Empfang durch Linus, die stumme Fahrt in dem klapprigen Bus, die vielen steinernen Figuren, die schweigend auf dem riesigen Grundstück herumstanden, das große, alte Herrenhaus, das aussah, als hätte es einiges zu erzählen. Die Hühner. Das stand alles so nicht in dem Prospekt über die grüne Stadt an der Werra und von irgendwelchen Anwendungen oder sonstigen Maßnahmen für seine Gesundheit war bisher auch noch kein einziges Mal die Rede gewesen. Stattdessen floss das Apoldaer Bier wie Heilwasser und Linus hatte Schwierigkeiten. Was war los? War ihm vielleicht die Steuer auf den Fersen, wollte ihm jemand die Hühner vergiften? Es war wie im Dienst. Jedes Mal, wenn eine Sache endlich abgeschlossen schien, nahte schon der nächste Fall. Es gab einfach kein Entrinnen. Nicht mal hier, in dieser ländlichen Abgeschiedenheit, weit weg von den Bedrohlichkeiten der Stadt.

Zürn lehnte sich zurück, schloss für einen Moment die Augen und hoffte inständig, dass ihn sein Spürsinn wenigstens dieses Mal täuschte.

Mit einem dünnen Bimmeln, das sich beinahe anhörte wie ein Totenglöckchen, schlug die altertümliche Küchenuhr über der Eckbank sechsmal. Sofort stellte Linus das Apoldaer wieder zurück und warf die Kühlschranktür zu.

„Schon sechs Uhr! Kommen Sie. Ich zeige Ihnen Ihr Zimmer und dann gehen wir gleich rüber ins Haupthaus. Charlie wollte einen kleinen Imbiss vorbereiten. Sie haben doch sicher Hunger nach der langen Reise."

„Da sage ich nicht nein", antwortete Zürn und schob sich aus der Bank. Wer war Charlie? Sie gingen zurück durch den halbdunklen Flur und stiegen an dessen Ende eine steile Treppe hinauf. Bei jedem Schritt ächzten die ausgetretenen Stufen, als hätten sie genug von dem ewigen Auf und Ab. Aus jeder Ecke, aus dem Gebälk, zwischen den Dielen; überall knisterte und stöhnte es klagend wie in einem Grimm'schen Märchen.

Das Zimmer war wirklich zwergenhaft klein und die Deckenhöhe so niedrig, dass Zürn sich unwillkürlich duckte. Die Möblierung beschränkte sich auf das Nötigste. Ein riesiges Bett von Wand zu Wand nahm fast die ganze Breite der Stube ein. Es blieb gerade noch Platz für einen zierlichen Tisch mit Stuhl davor. Ein bunter Wollteppich und ein großrahmiges, weniger bekanntes Landschaftsbild von van Gogh, waren der einzige Schmuck. Dafür war es hier oben heller als im Erdgeschoss und es gab auch deutlich weniger Fliegen. Linus stellte die Tasche ab, zog die geblümte Gardine zur Seite und öffnete das Fenster.

„Ich hoffe, es gefällt Ihnen. Es ist nicht besonders groß, aber man hat hier seine Ruhe. Es ist das ehemalige Gesindehaus. Wir haben es wieder hergerichtet und Charlie hat es möbliert. Sie sind übrigens unser erster Gast in diesem Haus."

„Wer ist denn dieser Charlie?"

„Sie", antwortete Linus. „Charlotte ist meine Tante. Sie wird überall nur Charlie genannt. Schon immer, so lange ich mich erinnern kann. Wieso, weiß ich eigentlich nicht genau. Kann sein vom Fußball spielen. Da war sie mal wirklich gut drin."

Charlotte ist also Charlie und hat früher Fußball gespielt! Zürn war beeindruckt. Bei diesem außergewöhnlichen Personal schien es doch nicht so ganz das betuliche Kurvergnügen zu werden, wie er es sich anfangs vorgestellt hatte. Sie gingen wieder nach unten.

Als Zürn aus dem dunklen Flur hinaustrat, musste er die Augen schließen. Noch war es draußen blendend hell, nur am Rand des wolkenlosen Himmels zeigte sich bereits ein schwacher Streifen Abendrot. Ermattet hockten die Hühner in der späten Sonne, aus ihrem ständigen Gackern war ein stilles Glucksen geworden. Zürn fiel auf, dass er bisher noch kein einziges Mal auch nur ein entferntes Glitzern der Werra gesehen hatte. Als sie an dem verfallenen Hühnerstall vorbei kamen, bemerkte er unweit davon eine frisch gezimmerte Plattform mit Leiter, die in luftiger Höhe von Seilen am Stamm einer dicken Buche gehalten wurde. War dies vielleicht der „Werra Blick"?

***

Natürlich war Charlie die Frau mit dem Rollkoffer, die am Wasserturm auf Linus gewartet hatte. Zürn erkannte sie gleich wieder, als er hinter Linus die große Küche im Erdgeschoss des Herrenhauses betrat. Nur trug sie jetzt kein knöchellanges Sommerkleid mehr, sondern eine luftige Bluse, Jeans und eine karierte Schürze, die sich eng geschnürt um ihre Hüften spannte. Die dunklen Haare hatte sie zu einem Zopf gebunden. Sie kam Zürn nun nicht mehr so hochgewachsen vor, wie er sie von der Szene am Wasserturm her in Erinnerung hatte.

„Willkommen im ‚Werra Blick'! Nehmen Sie Platz.

Die Formalitäten machen wir später. Frühstück steht ab acht bereit. Mich gibt es erst gegen Mittag. Vormittags brauche ich meine Ruhe."

Sie hatte eine schöne Alt-Stimme mit einem leicht verkratzten Unterton. Vormittags brauchte sie also ihre Ruhe. Das trifft sich gut, dachte Zürn, der um diese Zeit auch am liebsten allein war.

„Es gibt gefüllten Bratapfel mit Blutwurst. Habe ich lange nicht mehr gemacht. Wo möchten Sie sitzen, vielleicht hier, am Fenster?"

Rezept
Von vier großen Äpfeln das obere Drittel abschneiden. Die Äpfel entkernen. Eine kleine Zwiebel in der Pfanne anschwitzen, 300 Gramm Blutwurst dazu geben und das Ganze nach wenigen Minuten in die entkernten Äpfel füllen. Alles bei 200 Grad im Backofen etwa zwanzig Minuten schmoren. Etwas fein geschnittene Petersilie darüber geben. Dazu passt ein kräftiges Brot und Bier.

Mit einem langen, scharf gezackten Brotmesser in der Hand deutete sie nach draußen, ins Grüne. Zürn machte eine vage Handbewegung, aber Charlie hatte schon mit Schwung den Stuhl am Ende des rechteckigen Küchentischs vorgerückt. Er nahm Linus gegenüber Platz, der wie ein Buddha in Grün still saß und auf seine gefalteten Hände blickte. Ob er betete oder ein kurzes Nickerchen hielt, war nicht zu erkennen. Charlie brachte die gefüllten Bratäpfel und stellte drei schwere Glaskrüge auf den Tisch. Es gab schon wieder Apoldaer Bier und Zürn streckte sich nach der Wasserflasche, aber Charlie schenkte bereits zügig ein.

„Also dann, einen guten Appetit zusammen. Ich hoffe, Linus hat sie nicht allzu sehr durchgerüttelt. Er fährt ja immer wie eine gesengte Sau. Und er liebt diese alte Karre, dieses Monstrum. Nicht wahr, Linus?"

Die gesengte Sau sah auf und zog eine imposante Wurstplatte aus der Tischmitte zu sich heran. Den Bratapfel hatte er schon vertilgt. Kein Wort kam ihm über die Lippen. In der großen Küche war es angenehm kühl. Vor dem geöffneten Fenster rauschte der Abendwind in den Kastanien. Die Blutwurst in den dampfenden Bratäpfeln hatte eine derart herzhafte Schärfe, dass Zürn notgedrungen nun doch nach dem Apoldaer griff. Charlie aß mit Genuss und redete zwischendurch allerhand Belangloses.

„Ach Linus, bevor ich es vergesse. Ich habe den Schreiner gebeten, nach dem Hühnerstall zu schauen, bevor er endgültig zusammenfällt. Vorhin hat er angerufen. Zufällig hat er gerade nichts zu tun und kommt morgen schon in aller Frühe. Wäre schön, wenn du ihm zeigst, was alles zu machen ist."

Linus stockte einen Moment lang, gab aber keine Antwort, nickte nicht einmal mit dem Kopf. Ihre Ansprüche an ihn beschränkten sich offenbar auf gewisse Dienstleistungen, wie man sie auch von einem Chauffeur oder einem Hausverwalter verlangte. Dabei strahlte sie so herzlich, als hätte sie gerade eine freudige Botschaft überbracht. Mit einem trotzigen Ruck schob Linus seinen Teller zur Seite, nahm das Brot, an dem er gerade noch herumgesäbelt hatte, in die Hand, trank den letzten Schluck Apoldaer und stand auf.

„Ich habe noch zu tun."

Weg war er.

Charlie blickte ihm nach. Ihr Gesicht war gerötet.

„Er mag den Schreiner nicht. Irgendwas ist da wohl einmal vorgefallen zwischen den beiden. Aber er spricht nicht darüber. Es ist sowieso nicht einfach mit Linus. Mit ihm vernünftig zu reden, ist beinahe unmöglich, jedenfalls für mich. Wahrscheinlich ist er jetzt in seine Werkstatt gerannt und hämmert wieder bis in die Nacht an seinen Figuren herum. Oder er hockt unten in dieser Bierkneipe an der Ecke und blättert in den alten Zeitungen."

Erregt stand sie auf und räumte den Tisch ab. Zürn sah ihr auf den Hintern, als sie sich zur Spülmaschine bückte. Wann hatte er eigentlich zum letzten Mal mit einer Frau geschlafen? Dass er sich diese Frage so plötzlich und ausgerechnet unter dem Eindruck seines fünfundsechzigsten Geburtstages stellte, verwirrte ihn.

„Was macht er denn mit diesen Figuren?", rettete er sich aus seiner Verlegenheit. Charlie richtete sich auf und strich sich die Haare aus der Stirn.

„Nichts", antwortete sie. „Wenn er eine fertig hat, stellt er sie einfach irgendwo auf dem Grundstück ab und fängt gleich die Nächste an. Verrückt! Überall lungern sie herum, aber ich kann nichts dagegen machen. Da beiße ich bei ihm auf Granit. Oder auf Gips. Aus was auch immer er sie anfertigt. Davon verstehe ich nichts."

„Warum verkauft er sie nicht einfach?"

„Verkaufen? Wer kauft denn so einen Kitsch. Ich kann mich nicht daran erinnern, dass sich jemals ein Mensch dafür interessiert hätte. Schon gar nicht für Geld!"

Sie kam richtig in Fahrt. Offenbar war die Sache mit den Steinfiguren eine heikle Angelegenheit zwischen den beiden, obwohl Zürn sie gar nicht mal so übel fand. Etwas roh vielleicht. Nicht so heldenhaft wie die glatt polierten antiken Marmor-Statuen, die man von den Bildern aus den römischen Parkanlagen kannte. Wilder erschienen die ungeschliffenen Körper auf den ersten Blick, starr und ohne Anmut. Wie im Zorn gemeißelt. Aber gerade das hatte seinen Reiz.

Zürn leerte sein Glas. Es wurde Zeit. Die sonderbare Beziehung zwischen Linus und seiner überaus präsenten Tante würde er sicher noch öfter erleben dürfen. Für heute hatte er genug. Die lange Zugfahrt, die Hitze, die ganzen Umstände seiner Anreise ins thüringische Bad Salzungen saßen ihm in den Knochen. Er war müde. Entschlossen stand er auf und griff sich sogleich vornübergebeugt mit einer Hand ins Kreuz. Aufmerksam beobachtete Charlie seine Verrenkungen.

„Was ist mit Ihnen? Kann ich Ihnen helfen? Haben Sie eigentlich schon Ihre Anwendungen gebucht?"

Zürn stützte sich mit beiden Händen auf der Tischkante ab. Das lange Sitzen in gebeugter Haltung war ihm nicht bekommen. Die verfluchte Bandscheibe oder was auch immer. Ausgerechnet jetzt.

„Mach ich morgen", brummte er. Seine Unbeholfenheit in ihrer Gegenwart ärgerte ihn. „Jetzt brauch ich erst mal meine Ruhe. Danke für das Abendbrot. Wenn Sie vielleicht noch eine Flasche Wasser für mich hätten?"

„Steht oben im Kühlschrank. Ich habe Linus extra gebeten, daran zu denken. Sonst haut er wieder alles mit dem Apoldaer voll. Das ist das Einzige, worauf man sich bei ihm wirklich verlassen kann.

Dieser Kühlschrank wird niemals leer. Eine richtige Wundertüte. Kommen Sie, ich bring Sie zur Tür. Den Weg ins Häuschen finden Sie allein?"

Zürn nickte. Wenigstens machte sie keine Anstalten, ihm behilflich zu sein. Das hätte ihm gerade noch gefehlt. Charlie ging voraus, er blieb dicht hinter ihr. Sie roch verschwitzt. Nicht so sehr nach Küchendunst und überbackener Blutwurst. Nein. Anders. Verwegener. Wie nach einer champagnerselig durchtanzten Nacht im großen Ballsaal des Kurhauses. Jedenfalls hatte Zürn dieses Bild vor Augen, während er ihr hinterher tappte und beinahe aufgelaufen wäre, als sie abrupt an der Treppe stehen blieb und sich umdrehte.

„Sehen wir uns morgen? Ich kann sie gerne in die Stadt mitnehmen. Ich müsste sowieso runter, was einkaufen. Falls Linus sich bis dahin wieder beruhigt hat."

Das Licht der schmiedeeisernen Lampe über der Haustür spiegelte sich in ihren dunklen Augen. Zürn schaute auf die silberne Kette in ihrem Dekolleté und war drauf und dran, ihr die Hand zum Abschied zu reichen. Eine völlig unnötige Geste. Warum geriet er ihr gegenüber eigentlich jedes Mal auf diese altmodische Art in Verlegenheit, fragte er sich irritiert.

„Ja. Gern. Schauen wir mal."

Er hatte es plötzlich eilig. Mit mühsam durchgedrücktem Kreuz und einer Hand am Geländer schaffte er es ohne Zwischenfall die Treppe herunter, auch wenn er dabei das Gefühl hatte, jeden Moment in der Mitte auseinander zu brechen.

Der Park lag schon im Dunkel. Die Umrisse der Bäume und Sträucher verschwammen in der schnell fallenden Nacht und selbst die steinernen Figuren hatten ihre gespenstische Färbung verloren und waren nur noch schwer auszumachen. Es war zappenduster. Noch immer mittig verdreht, dennoch froh wieder an der frischen Luft zu sein, lief Zürn an dem maroden Hühnerstall vorbei, aus dem nun kein Laut mehr zu hören war. Mit den Hühnern schlafen gehen, das war einmal eine alte Redensart gewesen. Vor allem auf dem Land. Wann hauten Hühner sich eigentlich aufs Ohr? Wenn es dunkel wurde?

Zumindest standen sie bekanntlich sehr früh auf und genau das hatte Zürn nicht vor, während er jetzt, mit einer Flasche Wasser in der Hand die knarzende Stiege hinauf in das kleine Zimmerchen mit dem großen Bett kletterte. Eine sanfte Lavendelbrise wehte aus der Küche herauf. Zürn war so müde, dass er nicht einmal mehr das Bedürfnis hatte, die Ereignisse des Tages zu ordnen. So oder so war ihm das jetzt auch egal. Es würde sich alles zeigen und schließlich war er ja zu seiner Erholung hier. Oder wie immer man das nennen wollte.

***

Ein Kommissar ist immer im Dienst, hieß es einmal. Noch so eine Redensart. Wahrscheinlich war damit der nimmermüde Gerechtigkeitssinn gemeint, den man speziell von diesem Berufsstand erwartete. Wie ein Wachsoldat, immer bereit, immer auf dem Posten.

Zürn ignorierte dieses Prinzip aus alten Zeiten als es noch keine Gewerkschaften gab und schlief fest. Nichts störte seine Ruhe. Auch wenn es ihm gerade vorkam, als hörte er ein Motorengeräusch, dass ihn entfernt an den klapprigen Bus von Linus erinnerte. Aber das schien nur schwer vorstellbar und zudem war es noch stockfinstere Nacht. Da war es schon wieder, dieses altersschwache Klappern und Schleifen. Und jetzt kam es sogar näher.

Träge drehte Zürn sich zur Seite und blinzelte mit einem Auge zum Fenster. Ein Lichtstrahl strich über die niedrige Zimmerdecke, das Motorengeräusch wurde lauter, rumpelte unter seinem Fenster vorbei und entfernte sich wieder. Das musste Linus sein! Wer sonst kurvte hier nachts über das Gelände. Beunruhigt stand Zürn auf, öffnete das nur angelehnte Fenster und beugte sich hinaus. Noch lag der Park im Dunkeln, aber es wurde schon merklich heller. Das Motorengeräusch war verstummt. Dafür vernahm Zürn jetzt ein dumpfes Klopfen und Scharren, das sich anhörte, als käme es aus einer Grube. Es half nichts. Mittlerweile endgültig wach zog er sich an und wackelte ungelenk die knarrende Stiege hinunter.

***

Der Hühnerstall lag auf halben Weg zwischen der Villa und dem kleinen Häuschen und als Zürn sich dem nächtlichen Rumoren näherte, sah er Linus, der im schmalen Lichtstrahl einer Stirnlampe gebückt am Boden wühlte. Mehrmals räusperte Zürn sich laut. Linus schien nicht einen Moment überrascht, als er ihn schließlich wahrnahm und stach weiter mit einem Spaten die Erde rings um eine große blau gestrichene Truhe aus, die er schon fast vollständig freigelegt hatte. Sie hatte einen runden Deckel, war in einem tiefen Blau gestrichen und ringsum mit allerlei Zeichen und Symbolen beschriftet. Zürn trat näher.

„Was machen Sie denn da, um diese Uhrzeit?"

Linus richtete sich auf und knipste die Stirnlampe aus. Schwer atmend, mit beiden Händen auf den Spaten gestützt, sah er Zürn entgegen. Der Morgen graute. Es wurde von Minute zu Minute heller.

„Das hier", zeigte er auf die Truhe zu seinen Füßen, „das hier sind die Schwierigkeiten, von denen ich sprach. Charlie hat mir das eingebrockt. Und alles nur wegen den Scheiß Hühnern und den paar Eiern!"

Als hätten sie es gehört, stolzierten die ersten Hennen aus dem Stall ins Freie und verteilten sich gackernd auf dem Gelände. Es waren mindestens ein Dutzend, eher mehr. Die meisten im hellen Federkleid, auch ein paar braun-schwarze mit rötlichem Glanz waren darunter. Linus sah ihnen hinterher.

„Der Hahn ist schon weg. Abgehauen. Vielleicht hat ihn auch die Nachbarskatze erwischt, oder der Fuchs. Ich habe ihn jedenfalls seit Tagen nicht mehr gesehen. Interessiert mich auch nicht. Charlie bekommt einen Anfall, wenn sie das mitkriegt."

Die ersten, noch kraftlosen Sonnenstrahlen kamen durch. Zürn fröstelte es in seiner dünnen Jacke. Linus hingegen schwitzte vor Anstrengung. Mit einem riesigen, schon etwas eingesauten Taschentuch, eher einem Lappen, wischte er sich über den Nacken. Die Sache mit den Hühnern regte ihn sichtlich auf. Erhitzt fummelte er die Stirnlampe ab, ließ sie achtlos zu Boden fallen und nahm ein gedrehtes Seil, das lose neben ihm über dem Zaun hing. Vornübergebeugt zog er es durch die eisernen Griffe an den beiden Truhenseiten und reichte Zürn ein Ende.

„Um acht kommt der Schreiner und will mit dem Hühnerhaus anfangen. Dieses Sackgesicht! Sonst hat er nie Zeit, aber ausgerechnet heute passt es ihm. Bis

dahin muss die Kiste weg sein. Ich krieg sie allein nicht gut raus. Wenn Sie so freundlich wären?"
„Was ist denn in der Kiste?"
„Zeige ich Ihnen später. Erst mal muss sie ins Auto."

Zürn blieb nichts anderes übrig als das Seil zu ergreifen, obwohl er für solche Geländeübungen nur wenig Talent besaß. Sie standen sich gegenüber. Mit beiden Händen am Seil stemmte sich Linus gegen das Gewicht der Truhe, während Zürn vornübergebeugt an seinem Ende zog. Zunächst tat sich nichts. Die Truhe war einfach zu schwer für ihn. Linus stellte sich geschickter an. Er hatte die Kiste auf seiner Seite schon etwas angehoben und wartete auf Zürn. Der Boden am Rand der Grube war feucht und lose und bei dem Versuch, es Linus gleichzutun, rutschte Zürn in seinen flachen Sommerschuhen weg und knallte, noch immer mit dem Seil in der Hand, rücklings schwer auf den Hintern. Das hinterhältige Geräusch, das dabei zu hören war, konnte zunächst alles bedeuten; ein Riss in der Hose, die Verdrehung eines Gelenks, ein Bruch, alles Mögliche, bis hin zur völligen Deformation sämtlicher unterer Wirbel.

Zürn hörte sein Blut in den Ohren rauschen, schwarze Partikel tanzten vor seinen Augen. Seine Füße standen auf dem Truhendeckel und gaben ihm ein wenig Halt, aber er wagte nicht, sich zu rühren. Was, wenn es ihn jetzt endgültig getroffen hatte? Invalide, bettlägerig, für den Rest seiner Tage auf eine Gehhilfe angewiesen. Ihm wurde schlecht. Linus ließ sein Seilende los.

„Haben Sie sich wehgetan?"

Zürn sah auf und zuckte mit den Schultern.

„Ich weiß es nicht. Ich spüre nichts."

„Können Sie die Arme heben?"

Zürn hob die Arme. Es ging einigermaßen.

„Gut. Die Beine, was ist mit den Beinen?"

Zürn stütze sich mit den Händen ab und bewegte vorsichtig, wie bei einer gymnastischen Übung, erst das linke, dann das rechte Bein. Auch wenn es ihm aus der Hocke heraus schwerfiel, aber es funktionierte. Ohne noch lange zu fragen, trat Linus hinter ihn, fasste ihn unter den Achseln und verschränkte die Arme fest vor seiner Brust. Zürn spürte die derbe Kraft, mit der er sonst seine schweren Steinfiguren über das Gelände wuchtete.

„Machen Sie sich locker. Ich zähle jetzt bis drei und dann ziehe ich Sie hoch. Sie müssen versuchen, sich aufzurichten. Meinen Sie, das geht?"

Zürn nickte. Er fürchtete sich vor dem Aufstehen. In dem Zusammenhang hatte er schon von den schlimmsten Komplikationen gehört, angefangen von angeknacksten Wirbeln und Gelenken, bis hin zu irreparablen Lähmungen und dergleichen Totalausfällen. Aber es half nichts, er musste irgendwie hoch. Linus zählte an und bei drei stemmte sich Zürn mit aller Kraft gegen den Truhendeckel. Linus packte zu, ein kurzer heftiger Ruck und beinahe wie von selbst kam Zürn wieder auf die Füße. Erneut knackte es unüberhörbar. Diesmal jedoch nicht in den unteren Wirbeln, sondern irgendwo oben, im Schulterbereich. Vielleicht war es auch der Nacken. Auch hörte es sich diesmal nicht so heimtückisch an, eher wie beabsichtigt. Als hätte wer an bestimmten inneren Strippen gezogen. Linus löste seine Umklammerung und trat zurück.

Zunächst spürte Zürn nichts. Weder Schmerz noch Erleichterung. Unsicher blickte er an sich herunter. Kein Zweifel, er stand aufrecht und das, sogar ziemlich gerade. Behutsam machte er einen Schritt vom Rand der Grube weg. Nichts hinderte ihn. Kein Schmerz. Keine Zerrung. Nichts. Wie konnte das sein? Verwirrt sah er zu Linus. Besaß dieser verkannte Künstler und standhafte Biertrinker etwa außerirdische Fähigkeiten, verfügte er über magische Kräfte? Das Gezwitscher der Vögel hatte sich zu einem lautstarken Konzert in allen Tonlagen gesteigert und auch die Hühner gluckten und gackerten schon wieder froh gestimmt. Langsam kam die Sonne durch. Zürn konnte es noch immer nicht glauben. Er lief einmal im Kreis, ruderte mit den

Armen, beugte den Oberkörper, streckte sich und stand wieder gerade. Alles glückte ohne Beschwerden und Verrenkungen. Wie bei einer lockeren Freiluftgymnastik.

Nun gehörte er gewiss nicht zu den Zeitgenossen, die morgens als Erstes ihr Tageshoroskop befragten, bevor sie aus dem Haus gingen. Heute jedoch hätte er ausnahmsweise gern einmal einen Blick auf die tägliche Wahrsagerei geworfen. Sternzeichen Löwe. Vielleicht fand sich dort eine Erklärung für diese Hexerei. Etwas anderes konnte es ja nicht sein. Linus hantierte schon wieder mit dem Seil an der Truhe.

„Es ist bald acht. Der Schreiner kommt sicher pünktlich. Nehmen Sie mein Ende. Da geht es leichter."

Noch immer verdattert von seiner plötzlichen Wiederherstellung packte Zürn mit an. Diesmal gelang es ihnen, die Truhe ohne Zwischenfall aus ihrer Versenkung zu heben. Als sie die schwere Kiste endlich im Bus verstaut hatten, bemerkte Zürn, dass er an der einen Hand blutete. Linus schlug die Heckklappe zu und sah auf seine Armbanduhr.

„Im Auto ist sie vorläufig sicher. Der Blödmann wird jeden Moment auftauchen. Kommen Sie. In der Küche gibt es Verbandszeug."

**

Später, als die unscheinbare Wunde, einfach nur ein kleiner Riss auf dem Handrücken, mit einem

Pflaster abgeklebt war, erfuhr Zürn endlich mehr über die ominöse Truhe. Und auch über Charlie. Linus hatte für ihn Kaffee gemacht. Pulverkaffee. Bitter und heiß, aber er half Zürn endgültig auf die Füße. Der Künstler und Wunderheiler trank natürlich sein erstes Apoldaer. Die Fliegen summten wieder durch die Küche und die Sonne stieg unaufhaltsam höher. Draußen hörten sie ein Auto, das musste jetzt tatsächlich der Schreiner sein.

Charlie hieß richtig Charlotte von Lößnitz und war die Schwester von Linus früh verstorbener Mutter, also seine Tante. Nach der Wende ging Charlie nach Köln, lebte dort mit einem schwerreichen Immobilienkaufmann zusammen und arbeitete lange Jahre als Musik-Pädagogin in einer Einrichtung für behinderte Kinder. Die Ausbildung hatte sie seinerzeit noch hier, an der Johann Sebastian Bach Musikschule in Eisenach, absolviert. Dann, vor etwas über einem Jahr, kam sie überraschend zurück und bezog wieder ihr Elternhaus, die alte Villa im Park. Warum, darüber redete sie nicht. Linus wusste absolut nichts zu sagen über ihre lange Zeit im fernen Köln, nicht einmal ob sie überhaupt jemals verheiratet war. Ihren Mädchennamen hatte sie jedenfalls behalten. Auch diesen Immobilienhändler hatte er nie kennengelernt. Nur einmal, als er hier vor Ort war und das Anwesen begutachtete. Aber daran konnte er sich schon nicht mehr so richtig erinnern.

Der Kontakt zu seiner Tante beschränkte sich all die Jahre auf gelegentliche Telefonate über Dinge, wie den Zustand des Hauses, die nähere Nachbarschaft, Todesfälle im Ort und so weiter. Alle behördlichen Angelegenheiten, Steuerbescheide, Umlagen, Rechnungen, was halt so anfiel, schickte Linus einmal im Monat nach Köln. Weiter brauchte er sich um nichts zu kümmern. Keiner redete ihm dazwischen, niemand störte hier oben seine Kreise. Einmal die Woche, am Markttag, fuhr er runter in die Stadt, kaufte ein, trank ein Bier im Stehen und versäumte es danach nie, eine stille Minute lang den Enten und Blesshühnern am See zuzuschauen, bevor er sich wieder auf den Weg nach Hause machte. Ab und zu, meistens sonntags, trieb er seinen klapprigen Ford die kurvige Strecke nach Eisenach hinunter und kam spätabends gut aufgelegt und nach einem fremdartig, etwas süßlichen Parfüm riechend, zurück. Aber das ist eine andere Geschichte. Ansonsten ging er seiner Arbeit als Steinmetz und Kirchenrestaurateur nach und erschuf nebenbei unbeirrt die immer gleichen, rohen Standbilder. Mittlerweile waren es ganze Legionen, die den weitläufigen Park bevölkerten und ihm Gesellschaft leisteten. Er war zufrieden. Seinetwegen hätte es immer so weitergehen können.

Charlies unerwartete Rückkehr bedeutete für Linus das Ende dieser paradiesischen Einsiedelei. Sie krempelte alles um. Zunächst wurde die Pension „Werra Blick" in dem alten Gesindehaus eingerichtet, obwohl man die Werra von hier aus gar nicht richtig sehen konnte. Höchstens an klaren Tagen im Winter, wenn die Sonne steil am Himmel stand und die entlaubten Bäume beim Blick nach unten so etwas wie einen Uferrand erahnen ließen. Charlie hatte sich den Namen ausgedacht. Er gefiel ihr einfach. Auch in der Villa entstanden Zimmer für Pensionsgäste. Platz war dort ja genug. Ein Doppelzimmer im Parterre war bereits fertig, später sollten noch weitere im Obergeschoss dazu kommen. Natürlich musste Linus neben seiner Tätigkeit als Steinmetz bei allen Arbeiten mit anpacken. Er kam sich bald vor wie ein Faktotum, wie ein Gehilfe auf Abruf und war schon manches Mal kurz davor gewesen, alles hinzuschmeißen. Aber wo sollte er hin, seine Heimat zu verlassen war ihm unvorstellbar. Noch dazu fuhrwerkten ständig fremde Leute auf dem Grundstück herum; Handwerker, Lieferanten, gelegentlich auch Tagesgäste, die meist nur eine Nacht in der Villa blieben und mit ihren Ansprüchen alles durcheinander brachten. Mit der Ruhe im Park war es ein für alle Mal vorbei. So oft er konnte, flüchtete Linus sich in sein Atelier hinter dem Haus, oder er saß für seine Tante unerreichbar unten bei Enrico im „Scharfen Eck" und las so lange in der ausliegenden Tageszeitung, bis er sie fast auswendig konnte.

Dann kamen eines Tages die Hühner, zwölf auf einen Schlag. Von Charlie nach sorgfältiger Überlegung ausgesuchte Legehennen der Rasse „Deutsches Reichshuhn". Besonders robust, zutraulich und frohwüchsig. So stand es in der Beschreibung, die eine Zeitlang auf dem Küchentisch in der Villa gelegen hatte. „Deutsches Reichshuhn"! Was sie sich wohl dabei gedacht hatte. Dazu der inzwischen abgetauchte Hahn, dem der dauernde Betrieb in seinem Revier anscheinend auch zu viel geworden war, oder es hatte ihn tatsächlich erwischt. Jedenfalls verdankte Linus sein momentanes Unglück vor allem den Hühnern, wie er es darstellte, auch wenn man sie dafür nicht so richtig verantwortlich machen konnte. Höchstens braten.

„Wie können Hühner Unglück bringen, indem sie Eier legen?"

Linus stand auf und ging zum Kühlschrank. Das nächste Apoldaer. Für ihn wohl ein Grundnahrungsmittel.

„Wenn es nur das wäre! Ich kann sowieso keine Eier mehr sehen", knurrte er fuchsig. Kaum saß er wieder am Tisch, hörte Zürn auch schon den Bügelverschluss klappern. Er hielt sich lieber an seinem Kaffee fest. Die Hühner! Weil Linus sich weigerte, nach Charlies Anweisung auch noch den maroden Verschlag instand zu setzen, beauftragte sie den Schreiner im Nachbarort. Wenigstens sollte Linus die morschen Pfosten am Außengehege schon mal ausbuddeln. Und dabei geschah es. Er stieß auf diese Truhe. So stellte er es jedenfalls dar.

„Und. Was ist nun damit?"

Zürn war gespannt, was es mit dieser Truhe auf sich hatte. Linus gurgelte sein Apoldaer Bier herunter. Aufgebracht hantierte er mit dem Bügelverschluss und blickte entnervt zum Fenster.

„Kennen Sie sich mit Kirchenschätzen aus?"

„Nein", antwortete Zürn. Woher auch?

„Diese Truhe ist voll damit."

„Mit Kirchenschätzen?"

„Ja. Reliquien, Becher, Leuchter, Kreuze, Silber, Gold. Alles was für die Liturgie gebraucht wird."

Zürn rührte in seinem mittlerweile kalten Kaffee. Eine Fundsache! Wie simpel. Immerhin verdankte er dieser Kiste seine Wiederherstellung durch Linus. Auch wenn es voraussichtlich nicht lange anhalten würde, es blieb trotzdem die reinste Hexerei.

„Ja, aber wo ist das Problem? Das ist doch fantastisch! Einen solchen Fund macht man nicht alle Tage. Sie werden berühmt!"

„Berühmt? Eher bekannt, würde ich sagen. Was glauben Sie, was passiert, wenn das ans Licht kommt. Die wühlen doch hier das ganze Grundstück um und die Presse rennt uns die Bude ein. Charlie kann ihre Pension erst einmal wieder dicht machen und wenn es ganz dumm kommt, stehe ich zum Schluss auch noch als Kirchenräuber da."
„Als Kirchenräuber? Wieso sollte man Sie verdächtigen? Sie haben die Sachen doch nur gefunden. Daran ist doch nichts strafbar.
„Sie verstehen das nicht. Hier läuft alles ein wenig anders, als drüben in Ihrem Bürokratenstaat."
Der Flaschenbügel klapperte heftiger. Linus schien richtig verzweifelt. Was meinte er damit?
„Charlie ist an allem schuld! Ständig kommt sie mit irgendeinem neuen Krimskrams an. Seit sie hier ist, habe ich keine ruhige Minute mehr. Wäre sie doch bloß in Köln geblieben! Was will sie hier? Sie hat doch Geld genug. Warum muss sie hier alles auf den Kopf stellen? Eine Pension. Was für ein Blödsinn! Es gibt genug Pensionen und Hotels unten in der Stadt. Dann noch die verfluchten Hühner! Den ganzen Tag das Gegacker, überall die Hühnerscheiße. Ich könnte kotzen!"
Außer sich sprang er auf und knallte die leere Flasche in den Kasten neben dem Kühlschrank. Zürn ließ ihn. Noch ein Apoldaer und er würde sich

wieder gefasst haben. Zum ersten Mal wurde ihm mit Nachdruck bewusst, dass er sich ja in den neuen Bundesländern befand, wie es so schön hieß, wenn davon die Rede war. Also klar ausgedrückt: im Osten der Republik. Was lief hier anders, weniger bürokratisch. Linus hatte sein drittes Schlossberg Hell aus der Dobermannstadt und saß wieder am Tisch. Argwöhnisch blickte er Zürn an, als überlegte er, ob er ihm trauen könne.

„Sie waren doch bei der Polizei, Sie kennen sich doch mit so was aus."

„Mit was soll ich mich auskennen?"

Linus holte einmal tief Luft.

„Es ist so. Damals, Sie wissen, was ich meine, also damals war es schwierig mit der Kirche, freie Religionsausübung und so weiter. Ich war als junger Mann hier in der Sankt Andreas Gemeinde aktiv. Wir haben viel miteinander gemacht. Ausflüge, Veranstaltungen organisiert, Familienfeiern und nebenbei noch das ganze Kirchengebäude renoviert. War eine schöne Zeit. Klar, da wurde auch gebetet, warum auch nicht. Schadet ja nichts. Hauptsächlich war es für uns aber ein Treffpunkt. Wir hatten für ein paar Stunden unsere Ruhe und die Leute dort waren in Ordnung. Nicht so ideologisch verbiestert. Manche von denen habe ich später bei den Demonstrationen Ende der Achtziger wiedergesehen. Der Rest ist ja bekannt. Das haben Sie doch sicher auch mitbekommen."

Zürn hatte den Eindruck, dass Linus ablenkte. Natürlich hatten sie seinerzeit alle die Wiedervereinigung bejubelt. Das ganze Revier war in Aufruhr, in jedem Raum lief ununterbrochen der Fernseher oder zumindest ein Radio. Aber was hatte das jetzt mit der Truhe zu tun? Was hatte Linus wirklich damit zu schaffen? Eine derart große Kiste so nachlässig zu vergraben, dass sie schon nach wenigen Spatenstichen entdeckt werden konnte, war ungewöhnlich. Und dann noch direkt neben einem Hühnerstall. Hühner scharrten ja bekanntlich den ganzen Tag, wenn auch nicht nach Kirchenschätzen. Trotzdem, irgendwas stimmte hier nicht.

„Und weil Sie dem Schreiner die Arbeit erleichtern wollten, haben Sie schon mal angefangen die morschen Pfosten um das Gehege auszugraben?"

Linus ließ sich nicht aus der Ruhe bringen.

„Ja und, was ist daran so Besonderes? Wenn ich nicht wenigstens das gemacht hätte, wäre mir Charlie wieder den ganzen Tag auf die Nerven gegangen. Das kann sie gut."

Zürn ließ nicht locker.

„Bei Dunkelheit, quasi bei Nacht? Und dann fangen Sie auch noch mittendrin, beim dritten Pfosten, damit an. Jeder würde doch planmäßig vorgehen und an einer Ecke beginnen. Finden Sie nicht?"

Linus belauerte ihn nur stumm und klapperte mit dem Bügel. So ganz wohl war es Zürn nicht bei seiner Fragerei. Im Grunde ging ihn das alles nichts an, schon gar nicht als Kommissar außer Dienst. Die Haustür schlug, dann hörte man Schritte im Flur.

„Linus! Kannst du mal kommen!"

Linus sprang auf.

„Das ist er. Der hat mir gerade noch gefehlt, dem seine Stasi Akte würde ich mir gern mal anschauen. Wahrscheinlich ist er nur wieder am Rumschnüffeln. Wie damals."

Er blieb noch einmal stehen.

„Sie sagen Charlie aber nichts von der Kiste mit dem Kirchenzeugs?"

Zürn nickte. Natürlich nicht. Er würde sich hüten. Kirchenschätze waren ohnehin nicht sein Fach. Nur die Sache mit seiner Wunderheilung hätte er gern einmal mit jemandem besprochen. Mit Dietrich? Schwer vorstellbar, dass der sich für solche Vorgänge aus der spirituellen Ecke interessierte. Dann schon eher mit seiner Schwester. Aber das hatte Zeit und wenn, dann auch nur am Telefon und wahrscheinlich ging er bis dahin sowieso schon wieder krumm.

Linus lief nach draußen. Wenig später unterbrach das Kreischen einer Kettensäge die morgendliche

Stille, dazwischen heftiges Hämmern und Klopfen. Auch die Fliegen kamen wieder. Zürn wurde es zu ungemütlich und er beschloss, den Tag zu nutzen und seinen ersten Ausflug hinunter nach Bad Salzungen zu machen.

***

Der Bus war pünktlich und keine zehn Minuten später stand er abermals auf dem Bahnhofsvorplatz, noch immer im karierten Hemd, aber diesmal ohne großes Gepäck. Nur seinen alten Rucksack hatte er für alle Fälle im letzten Moment noch mitgenommen. Wieder schlossen sich die Türen mit einem leisen Zischen und der Bus fuhr davon. Zürn wurde es auf einmal flau im Magen. Außer dem bitteren Kaffee heute Morgen, von Linus in aller Eile zusammengebraut, hatte er noch nichts zu sich genommen. Vor dem frisch renovierten Bahnhofsgebäude klappte der Verkaufswagen einer örtlichen Bäckerei gerade seinen Laden auf und Zürn aß zum ersten Mal in seinem Leben eine Thüringer Eierplinse, gebacken nach dem Original DDR Rezept aus dem Jahr 1962. So stand es auf der kleinen Schiefertafel hinter der verglasten Auslage. Eigentlich ein Pfannkuchen, wie es aussah.

Rezept
3 Eier, 250 ml Milch, 150 g Mehl, 50 g Zucker, etwas Salz. Andere Gewürze nach Belieben. Aus den Zutaten einen Teig glatt rühren, jeweils eine Kelle davon ausbacken und einmal wenden. Schmeckt mit Früchten oder Marmelade gefüllt. Auch Deftiges kann rein. Eigentlich alles, wonach einem der Sinn steht, wenn es nicht gerade ein saurer Hering ist.

Nach dem ersten Bissen schloss Zürn überrascht die Augen. Eigenartig. Geschmeidig glatt, süß und dennoch herzhaft, mit einem Hauch Zimt und Muskat, erinnerte ihn der Kuchen sogleich an einen Sommernachmittag auf dem Land, im Schatten unter hohen Bäumen. Wo, fiel ihm gerade nicht ein, aber das schöne Bild ging Stück für Stück mit und hielt bis zum letzten Krümel. Wunderbar. Pappsatt von dieser ersten Begegnung mit der Thüringer Kaffeeküche, ließ Zürn sich noch eine Portion, diesmal mit Kirschen gefüllt als Wegzehrung einpacken, trank sein Mineralwasser aus und sah sich um.

Der morgendliche Verkehr wurde lebhafter, die Luft schwerer.

Wie nähert man sich einer fremden Stadt, wie erfasst man ihre Stimmung, ihre Besonderheit, ihr Milieu? Gewöhnlich geht das so: der gerade erst angekommene Gast kauft sich zunächst einen handlichen Stadtplan, bestimmt darauf seinen Standort und macht sich nach kurzer Orientierung auf den Weg zu den markierten Sehenswürdigkeiten. Bergauf, bergab, durch enge Gassen und über weite Plätze, immer den Blick nach vorn oder nach oben gerichtet, je nachdem. Die Treppen rauf, die Treppen runter. Türen rein, Türen raus. Rathaustüren, Kirchentüren, Museumstüren, meist ziemlich schwere Türen. Schon bald schwindet die Beharrlichkeit, die Konzentration lässt nach, die Sonne brennt, die Füße schmerzen und Stunden später sitzt der erschöpfte Tagestourist schließlich in einem Café oder einer Gaststätte und versucht, Ordnung in seine gesammelten Eindrücke zu bringen. Wie war das noch mal mit den Kelten, den Franken, mit der Zugehörigkeit der Stadt, ehemals zur Abtei Fulda? Oder zum Herzogtum Sachsen-Gotha, dann Sachsen-Meiningen? Hatte Luther auf seiner Flucht auch hier in Bad Salzungen Station gemacht, oder war er etwa bei seiner Verwandtschaft im nahen Möhra untergekommen? Und wer war nochmal der sogenannte Werrahaufen, wann der große Stadtbrand? Dann die Geschichte mit den Salzquellen. Wie muss man sich das vorstellen; erst das Salz und dann die Sole, oder umgekehrt? Woher kam eigentlich dieses Salz? Aus dem Burgsee, aus der Werra? Es wurde immer unübersichtlicher. Wer sollte das alles behalten.

Für Zürn war diese Art von Geschichtsgymnastik nichts. Zu viel Chronik, zu viel Historie auf einmal. Außerdem war es dafür momentan viel zu heiß. Kurz entschlossen verstaute er den gefüllten Eierkuchen in seine seinem Rucksack, überquerte die breite Straße auf dem Zebrastreifen und lief auf der anderen Seite stadteinwärts.

Es ging stetig bergauf. Vorbei an einem kolossalen Schulgebäude, eher eine Lehranstalt aus wilhelminischer Zeit, als man noch unterstützt von Kopfnüssen fürs Leben lernte. Dann links, Richtung Marktplatz. An der Eisdiele stand eine lange Schlange und auch die Tische unter den riesigen, viereckigen Sonnenschirmen waren fast alle besetzt. Unbeweglich stockte die Hitze zwischen den Häusern. Selbst im Schatten unter den Schirmen saßen sie matt vor ihren Eisbechern und fächelten sich die verschwitzten Gesichter.

Zürn lief über den weiten, beinahe menschenleeren Marktplatz und an seinem äußeren Rand zwischen den Häusern eine gepflasterte Gasse hinunter. Dann noch eine leichte Biegung, ein letzter Schwung, als beträte man eine Bühne und da war er auf einmal! Dieser fast kreisrunde, von einer ständigen Brise geglättete See. Alles sah annähernd genauso aus wie auf der Panorama-Aufnahme in dem Prospekt, den Dietrich ihm geschickt hatte. Lediglich das Kurhaus mit dem imposanten Säulengang lag jetzt rechter Hand. Nur ein paar Schritte entfernt blinzelte seine helle Front durch die Baumreihe am Uferrand. Einige wenige Kurgäste flanierten in der Mittagshitze über die Promenade, der Rest hockte irgendwo im Schatten oder beim Mittagessen.

Zürn betrat die Aussichtsplattform und stützte sich auf die Brüstung. Das Wasser unter ihm schwappte leise hin und her. Nahezu bewegungslos. Als schaute er in einen tiefen Brunnen. Nur in der Mitte des Sees kräuselte sich die Oberfläche ein wenig, hier und da trieb eine kleine Entengruppe ruhig übers Wasser.

Nachdenklich blickte Zürn über den See. Eine Ansicht, wie auf einem Lichtbild aus dem vorigen Jahrhundert. Wie stehengebliebene Zeit. Eigentlich war dies genau der richtige Moment, um zu entscheiden wie es nun mit seiner geschenkten Sommerfrische weitergehen sollte. Ganz klar war ihm das zur Stunde noch nicht.

„Vergiss das Vergangene, lass es fahren! Ergreife das Gegenwärtige mit ganzem Herzen!" So ähnlich hieß es sinngemäß bei Schiller, wenn er sich recht erinnerte. Den hatte es ja ebenfalls hier nach Thüringen verschlagen. Wenn auch nicht zur Kur. Nur, was war denn gerade gegenwärtig, was galt es zu ergreifen? Er, allein in fremder Umgebung, die

Tage ausgefüllt mit Anwendungen und erholsamen Ruhepausen. Immer die gleichen Abläufe. Oder doch lieber das Abenteuer um eine vergrabene Truhe voller Kirchenschätze, bei deren Bergung er nicht nur zugegen war, sondern sogar selbst mit angepackt hatte?

Wie zur Verdichtung seiner losen Gedanken, fuhr jetzt auch noch ein Polizist in Uniform auf einem Fahrrad vorbei. Zürn sah ihm nach und geriet ins Grübeln. Wem gehörte diese Kiste tatsächlich, woher kamen die Heiligtümer darin? Stammten sie aus einem Raub, einem Diebstahl, einem Einbruch? So ganz eindeutig schien die Rechtslage nicht. War es nun eine Fundsache, die man melden musste, Stichwort Fund-Unterschlagung, oder war es am Ende gar eine Straftat, von der er nun Kenntnis hatte? Was, wenn Linus in seinem haltlosen Zorn wegen der Hühner und der plötzlichen Unordnung in seinem gewohnten Leben die Nerven verlor, etwas Unüberlegtes tat und die ganze Geschichte vorzeitig aufflog? Dann würde man auch dem pensionierten Kommissar Arno Zürn ganz bestimmt ein paar unangenehme Fragen stellen müssen. Dann könnte es auch für ihn richtig eng werden. Schließlich ging es hier nicht um irgendeinen harmlosen Trödel, sondern um Stücke von beträchtlichem Wert, wenn er Linus richtig verstanden hatte. Das konnte man durchaus auch unter strafbaren Gesichtspunkten sehen.

Zürn wurde es warm. Er lief ein Stück an der Uferpromenade lang und setzte sich auf eine Bank im Schatten unter den Bäumen. Genau genommen gab es zwei Möglichkeiten. Entweder ging er jetzt zur Polizei und erstattete amtlich korrekt Meldung über seine Beobachtung, wozu er von Rechtswegen sogar verpflichtet wäre, oder er machte sich darüber Gedanken, wie er möglichst geräuschlos wieder aus der Affäre heraus kam. Und zwar bald. Am besten ohne Polizei, dafür gemeinsam mit Linus. Wenn er es recht überlegte, blieb ihm auch gar nichts anderes übrig. Alles andere wurde zu kompliziert. Würde er den gesetzlich vorgeschriebenen Weg gehen, gab es im Haus „Werra Blick" in den nächsten Tagen keine ruhige Minute mehr. Nicht nur für Linus. Auch für ihn. Da konnte er auch gleich wieder nach Hause fahren.

Zürn sah die Uferpromenade entlang, die in einem sanften Bogen den See umschlang. Es war still hier draußen. Wie vor einem Sturm. Vielleicht sollte er einfach die Unterkunft wechseln, seine Badesachen samt Fontane hervorkramen und die kommenden Tage irgendwie unauffällig absitzen. Sein Telefon klingelte und es dauerte eine ganze Weile, bis er es endlich aus der Hosentasche gefummelt hatte.

„Hallo!"

Zürn meldete sich nie mit seinem Namen. Eine bewährte Angewohnheit aus seiner Dienstzeit. Manchmal war es einfach klüger, den unbekannten Anrufer zunächst im Unklaren zu lassen.

„Hallo?"

Nichts. Es knackte nur in der Leitung. Er wollte gerade auflegen, da hörte er im Hintergrund einen schon fast vertrauten Laut. Ein Gackern. Die Hühner!

„Linus?"

„Herr Zöhörn?"

„Mein Gott! Ich heiße Zürn! Das kann doch nicht so schwer sein. Was gibt's?"

Das Gackern wurde deutlicher.

„Wann kommen Sie heute zurück?"

„Warum?"

„Ich bin im Atelier und warte auf Sie."

„Warum wollen Sie auf mich warten?"

„Ich will Ihnen was zeigen."

„Was zeigen?"

Aus der Leitung kam nur noch ein Rauschen. Offenbar flüchtete Linus sich beim Telefonieren jedes Mal wieder in seine verstockte Wortarmut. Denn reden konnte er ja. Das hatte er inzwischen bewiesen. Scheinbar fehlte ihm, allein mit dem Hörer in der Hand, das bildhafte Gegenüber, eine Gestalt, die er ansprechen konnte. Redete er denn manchmal mit seinen steinernen Geschöpfen?

Heiter strahlte der Himmel über Zürn. Nicht ein einziger weißer Wolkenstreifen unterbrach das weite, endlose Blau. Ganz im Gegensatz zu Zürns gedanklichem Horizont, der sich gerade auf das Dringendste verengte. Als säße er wieder an seinem Schreibtisch im Dezernat; vor einer neuen Akte, einem neuen Fall. Was hatte Linus vor? Wohin mit der Truhe?

***

Die Tür zu Linus Werkstatt war nur angelehnt. Zürn rief einmal laut Hallo. Keine Antwort. Zögernd trat er ein. Das Atelier erwies sich als ein riesiger Raum mit kahlen Backsteinwänden und hohen Fenstern, die so verdreckt waren, dass sie aussahen wie mit einer milchigen Folie überzogen. Weißer Staub bedeckte fingerdick den Boden, es roch nach Kalk und Verdünnungsmitteln. Überall standen oder lagen angefangene Statuen, teils noch kopflos, dazwischen Eimer und Wannen mit grauem Wasser und Mörtelresten. An der Wand stapelten sich etliche Bierkisten mit dem Schriftzug aus Apolda. Zwei Industrielampen mit riesigen runden Metallschirmen hingen wie Kirchenglocken an langen Schnüren von der Decke. Eine davon brannte und warf einen kreisrunden Lichtkegel auf die blaue Truhe am Boden. Der Deckel stand offen, die Kiste war leer.

Noch immer kein Lebenszeichen von Linus. Ein schwerer Vorhang teilte die hinterste Ecke des Ateliers ab und davor, auf einem langen, aus rohem Holz gezimmerten Tisch, waren die einzelnen Stücke aus der blauen Truhe ordentlich nebeneinander aufgereiht. Jedes mit einer handgeschriebenen Notiz versehen und mit Klebeband angeheftet.

Zürn trat näher. Die Sammlung auf dem Tisch umfasste mehrere Messkelche und andere Gefäße, verschieden große Kelchlöffel, eine schwere bauchige Kanne wie er sie noch aus seiner Konfirmationszeit in Erinnerung hatte und einige Kreuze und Leuchter, anscheinend aus Silber. Manche trugen Bezeichnungen, die ihm völlig unbekannt waren. Aspergill, Lavabo, Aquamanile, Flabellum. Nie zuvor gehört. Immer mit dem Hinweis auf die Kirche, aus der das jeweilige Stück stammte: St. Andreas, St. Simplicius, St. Wendel, St. Marienkirche Frauensee, Stadtkirche Möhra und noch einige andere im näheren Umkreis.

Zürn kamen Zweifel. Die angehängten Beschreibungen waren ein eindeutiger Hinweis darauf, dass Linus persönlich in die Angelegenheit verstrickt sein musste. Wie sonst war es ihm möglich gewesen, all die liturgischen Gegenstände so eindeutig zuzuordnen? Nur von seiner Arbeit in den Kirchen als Steinmetz und Restaurator? Das wäre wirklich phänomenal.

Zürn war am Ende des Tisches angelangt. Es waren ungefähr dreißig Exponate, die Linus aufgebaut und benannt hatte. Am äußersten Rand waren noch einige kleinere Porträts von Kirchenfürsten und Heiligen nebeneinander aufgereiht. Einige waren gerahmt, andere schienen aus ihren Rahmen herausgeschnitten zu sein. Sie hatten scharfe, ungerade Ränder und waren zum Teil schon leicht gewellt. Interessiert beugte Zürn sich darüber. Ein süßlicher Geruch zog ihm in die Nase und er vernahm ein leises Schnaufen. Es kam aus der Ecke hinter dem Vorhang.

„Linus? Herr von Lößnitz?"

Nichts. Keine Antwort. Zürn war jedoch sicher, dass sich jemand hinter dem Vorhang befand. Ein Geist?

Jetzt summte es elektrisch, es quietschte unrund und ein Rollstuhl kam hinter dem Vorhang hervor und in diesem Rollstuhl saß tatsächlich ein Geist, Günther mit Vornamen und wegen seiner Passion für irische Folklore und Whisky seinerzeit im Kommissariat von allen nur „Paddy" genannt. Zürn traute seinen Augen nicht. Es war leibhaftig der ehemalige Gerichtsmediziner Doktor Günther Geist, der ihn jetzt genauso ungläubig anstarrte.

„Arno?"

„Paddy? Was machst du denn hier?"

Seit Geist vor Jahren den Dienst quittiert hatte und zu einem großen Pharmakonzern übergelaufen war, waren sie sich nicht mehr begegnet. Er trug einen riesigen Strohhut mit breiter Krempe, der sein Gesicht verbarg und hing seltsam schief in dem niedrigen Gefährt. Eine Wolke aus Cannabis umhüllte ihn.

„Könnte ich dich genauso fragen. Haben sie dich etwa zu einer Kur verdonnert?"

Zürn zuckte mit den Schultern. Noch immer war er buchstäblich entgeistert über diese Begegnung.

„Ich bin sozusagen privat hier. Seit gestern. Und du?"

Geist hüstelte ein paar Mal hinter vorgehaltener Hand. Es klang ziemlich ungesund. Zürn bemerkte wie ein Zittern seinen abgemagerten Körper durchlief. Was war mit dem geübten Mediziner passiert, mit seiner ruhigen Hand. Es schien ihn wirklich schwer getroffen zu haben.

„Ich wohne hier."

„Etwa in der Villa?"

„Gott behüte! Nein, ich habe schon länger ein kleines Anwesen nebenan. Geerbt natürlich. Nur ein paar Schritte von hier. Na, ja. Schritte. Ich meine natürlich, Umdrehungen."

Das Reden fiel ihm schwer, aber wenigstens hatte er seinen speziellen Humor nicht verloren. Zürn war es unangenehm, andauernd auf Geist hinunter zu blicken. Er sah sich nach einer Sitzgelegenheit um und zog einen dreibeinigen Schemel unter dem Tisch hervor.

„Jetzt erzähl mal, was ist los? Warum sitzt du in dieser Karre", Zürn stockte, „ich meine natürlich, Rollstuhl?"

Geist stand oder saß ihm gegenüber. Eigentlich beides. Sowohl, als auch. Das kam ganz auf die Sichtweise an. Wieder schüttelte ihn dieser trockene Husten. Die Situation machte Zürn zu schaffen. Darauf war er nun wirklich nicht vorbereitet, hier, fern der Heimat, auf den ehemaligen Gerichtsmediziner Günther Geist zu treffen. Und dann auch noch in dieser Verfassung!

„Wo steckt eigentlich Linus?", lenkte er ab.

„In der Pension. Der Getränkelieferant ist gerade da."

Wahrscheinlich mit einer ganzen Palette Apoldaer, dachte Zürn und versuchte, sich auf dem harten Hocker einigermaßen gerade zu halten. Geist fummelte nach seiner angerauchten Tüte, die er vorsichtshalber bei Zürns Eintreten in einer Seitentasche des Rollstuhls verstaut hatte. Umständlich setzte er sie wieder in Brand und nahm einige tiefe Züge. Nebelschwer zog die dichte Wolke über ihn hinweg und machte ihn vorübergehend nahezu unsichtbar. Beinahe hätte jetzt Zürn einen Hustenanfall bekommen. Souverän hielt Geist ihm die Tüte hin und zog sie gleich wieder zurück. Seine Hand zitterte.

„Ach so, ich vergaß. Einmal Bulle, immer Bulle."

„Red' keinen Quatsch!" erwiderte Zürn „Das war eh nicht mein Ressort. Ich bin übrigens in Rente, falls es dich beruhigt."

Geist nahm noch einen Zug und sackte entspannt in sich zusammen. Das Zittern hatte sich gelegt. Geist und zittrig! Er, der seinerzeit dafür bekannt war, dass er es in geselliger Runde fertig brachte, einen Teller grüner Erbsen im Stehen mit dem Messer zu essen, ohne dass auch nur eine einzige herunter kullerte! Die Tüte glühte. Geist wischte mit der freien Hand ein paar Aschenkrümel von der Decke über seinen Knien. Er hatte deutlich Mühe, sich zu konzentrieren.

„Alles Scheiße", murmelte er benebelt, „das war's."

„Was redest du da?"

„Das muss ich doch gerade dir nicht erzählen. Oder? Ein Jahr, vielleicht noch anderthalb. Dann ist Schluss. Fini. Sense. Dann geht's ab auf die Hebebühne."

So hatte er seinerzeit den edelstahlglänzenden Seziertisch im Institut immer genannt. Hebebühne! Wirklich sehr bildhaft. Er sprach undeutlich, eigentlich brummte er mehr vor sich hin und war nur schwer zu verstehen. Zürn schwieg. Was sollte er dazu sagen, was sagt man überhaupt in einer solch buchstäblich verfahrenen Lage? Das war es doch, was Geist meinte. Höchstens anderthalb Jahre noch. Fini. Ende. Er, als erfahrener Mediziner musste es ja wissen. Der Nebel um Geist und seinen Rollstuhl wurde dichter. Als hätte er eine Tür hinter sich zugezogen. Zum Glück kam Linus gerade zurück und erfasste die Lage mit einem Blick.

„Ihr kennt euch? Ich meine, Sie kennen Günther und er kennt Sie?"

Dass Geist in seinem Atelier saß und ihm die Bude vollqualmte, schien er gewohnt zu sein. Ohne eine Antwort abzuwarten, verschwand er eilig hinter dem Vorhang. Eine Kühlschranktür schlug und gleich darauf hörte Zürn auch schon das vertraute Bügelklappern. Mit der Flasche in der Hand kam Linus zurück und ließ sich in den schweren, verstaubten Sessel hinter dem Tisch fallen. Knietief versank seine massige Gestalt darin, gerade, dass er noch über den Tischrand blicken konnte. Geist paffte, was das Zeug hielt. Zürn verlangte es nach frischer Luft, aber die hohen Fenster zum Garten hin waren fest mit dem Rahmen aus Gusseisen verbaut und nicht zu öffnen.

Die Konstellation in dem verräucherten Atelier, inmitten der halbfertigen Skulpturen und den ausgegrabenen Kirchenschätzen glich einem absurden Theaterstück. Da hockten sie nun. Linus und Günther. Der Eine, von Natur aus, ein Sonderling, ein Eigenbrötler, ein Künstler in Stein, obendrein leidenschaftlicher Biertrinker. Der Andere, Arzt, Pathologe auch noch, medizinisch versiert, dennoch vom Schicksal an den Rollstuhl gebunden und mittlerweile von Irischem Whisky auf Cannabis umgestiegen. Gegen die Schmerzen, wie Zürn annahm.

Beide dämmerten sie einträchtig vor sich hin, ähnlich schweigsam wie die halbfertigen steinernen Figuren um sie herum. Jeder mit seiner selbst verordneten Arznei in Reichweite und beide waren sie dem Anschein nach sehr müde. Oder zumindest ruhebedürftig. Linus schien so platt, dass er Zürn nicht einmal mehr auf seinen Anruf von vorhin ansprach. Vielleicht hatte er es auch vergessen.

Stocksteif saß Zürn auf seinem Hocker. Ihm tränten die Augen von dem ständigen Qualm. Er stand auf, ging zur Tür, öffnete beide Flügel und sog die frische Abendluft in seine verräucherten Lungen. Der Abend sank herab, die Hitze des Tages ließ allmählich nach. Es dunkelte. Die Hühner waren schon nirgendwo mehr zu sehen und auch nicht zu hören. Er hatte auf einmal schrecklichen Durst.

„Sie haben nicht zufällig was zu trinken da?"

Was für eine Frage. Linus drehte nur matt den

Kopf und wies mit der Flasche in der Hand zur Ecke. Hinter dem Vorhang entdeckte Zürn ein zerwühltes Bett, daneben eine Art Nachttisch und darauf ein kleiner Kühlschrank. Die Beleuchtung in seinem Inneren flackerte unruhig, als Zürn die Tür aufzog. Und wie er befürchtet hatte, war er natürlich bis zum Rand mit dem Schlossberg Hell aus der Dobermannstadt bestückt, dem allzeit und überall verfügbaren Hausgetränk im „Werra Blick". Ihm blieb nichts anderes übrig, als es Linus gleich zu tun. Wenigstens war es kalt.

Zürn sah sich nach einer anderen Sitzgelegenheit um. Der Sessel war mit Linus besetzt, Geist hatte seinen dabei und sonst gab es nur noch diesen harten Schemel. Schließlich kauerte sich Zürn mit angezogenen Knien auf einen der halbhohen Sockel, die überall herumstanden, und trank in einem Zug bald die halbe Flasche leer. Das staubige Atelier, noch dazu verqualmt wie eine Eckkneipe, der lange Tag in der Stadt, bergauf, bergab; er war förmlich ausgetrocknet. Der hintere Teil des hohen Raumes lag im Halbdunkel. Wie ein Bühnenlicht erhellte die eine der beiden Industrielampen den Ausschnitt rund um den Tisch mit den aufgereihten Reliquien. Linus lag ausgestreckt in seinem Sessel und hatte die Augen geschlossen. Die Buddelei in der Nacht hatte ihn wohl fertiggemacht, dann noch die Begegnung mit dem Schreiner. Selbst ein robuster Klotz wie er hatte irgendwann einmal genug. Geist hatte seinen Strohhut ins Gesicht gezogen und schwieg. Vielleicht war er auch eingeschlafen. Es war totenstill in dem Atelier. Nicht mal eine Uhr tickte.

Durch die geöffnete Tür kam ein frischer Abendwind und zog durch den finsteren Raum, der Nebel lichtete sich. Zürn bekam keinen klaren Gedanken mehr zusammen. Das Bier hatte ihn träge gemacht. Vornübergebeugt, die Flasche in der Hand, starrte er auf den kalkbedeckten Boden zu seinen Füßen und plötzlich wurde ihm bewusst, dass er gerade die gleiche Haltung einnahm wie eine von Linus Figuren. Er brauchte nur noch den Kopf in die Hände zu stützen und abwesend in die Ferne zu schauen. Zerstreut richtete er sich auf. Er musste hier raus, bevor er endgültig erstarrte. Linus und Geist gaben noch immer kein Lebenszeichen von sich. Zürn steckte die halbvolle Bierflasche zurück in einen der Kästen neben der Tür und verließ das Atelier.

Draußen fühlte er sich gleich wohler. Die Fenster im Erdgeschoss der Villa waren hell erleuchtet, auch die schmiedeeiserne Lampe über der Haustür brannte. Zürn überlegte einen Augenblick, einfach hinüber zu gehen und Charlie Gesellschaft zu leisten. Außerdem hatte er Hunger. Dann schien es ihm doch etwas gewagt. Vielleicht hatte sie Besuch oder war sonst wie beschäftigt und er störte nur. Er warf sich seinen Rucksack über die Schulter und lief an der Villa vorbei, über das weite Grundstück hinab zu seinem Quartier. Dabei fiel ihm der gefüllte Eierkuchen wieder ein, den er sich heute Morgen noch hatte einpacken lassen. Wahrscheinlich war er mittlerweile völlig außer Form und die Kirschen darin hatten sich zu Marmelade verdickt. Egal! Hauptsache, etwas zu essen.

Die Tür der kleinen Kate war unverschlossen, im Haus war es kühl. Zürn sprang als Erstes unter die Dusche und zog seinen baumwollenen Schlafanzug an. In dem altertümlichen Küchenschrank fand er neben allerlei Gewürzen und sonstigem Kram eine Blechdose mit verschiedenen Teebeuteln und entschied sich für eine Mischung aus Ostfriesland. Dazu der zwar zerdrückte, aber gut eingepackte und immer noch köstliche Eierkuchen mit der Kirschfüllung. Fürs Erste war er gerettet.

Zürn löschte das Licht. Die Nacht erschien sternenklar. Er hätte sich jetzt ein Omelett in die Pfanne hauen können, ohne etwas zu verkleckern, so mondhell durchleuchtet war die kleine Küche. Nicht einmal die Kerze in ihrem altertümlichen Messinghalter vor ihm auf dem Tisch hätte es dafür gebraucht.

Er geriet ins Grübeln. Das waren derzeit also seine

gewonnenen Wellnesstage in Bad Salzungen, der grünen Stadt an der Werra. Erholung und Ruhe in harmonischer Umgebung. So hieß es jedenfalls in der bunten Beschreibung, die Dietrich an ihn weitergereicht hatte. Und nun? Statt in einem freundlich möblierten Appartement, womöglich mit Ausblick auf den Burgsee, hockte er mitten in der Nacht in einer niedrigen Kate, vollgestopft mit Erinnerungen, die heute kein Mensch mehr haben wollte, und rührte nachdenklich in einem aufgebrühten Beuteltee Marke „Schwarzer Friese". Anwendungen? Was für Anwendungen? Bislang hatte er es noch nicht einmal geschafft, seinen Bademantel auszupacken. Von Fontane ganz zu schweigen.

Zürn sah zum Fenster. Wie die Positionslampen der Fischerboote auf ihrem nächtlichen Fang blitzte hin und wieder ein Lichtstrahl aus der Villa durch den dunklen Park zu ihm herüber. Drüben saß Charlie in ihrer Küche, vermutlich allein, an diesem schweren Tisch für zwölf Personen und zerbrach sich den Kopf über den Fortgang ihrer Pension. Oder las sie, schrieb sie in ihrem Tagebuch, fühlte sie sich vielleicht einsam? Warum war sie nicht in Köln geblieben? In dieser bunten Stadt am Rhein mit ihren weltbekannten Wahrzeichen, dem Dom, dem Karneval, den zahllosen Kneipen und anderen Kulturstätten. Zürn konnte da nicht mitreden. Er war bisher nur einmal in Köln gewesen und das auch noch zu einem Fußballspiel. Zusammen mit den Kollegen von der Sitte, die ihn dazu überredet hatten, obwohl er mit Fußball nichts am Hut hatte. Nicht die allerbeste Erinnerung. Die Fahrt in dem überfüllten Zug blieb trotz Reservierung eine einzige Strapaze und mit diesen schaumlosen Kölsch Bierchen in den kleinen Gläsern konnte er sich selbst nach der dritten Runde nicht anfreunden. Er war froh, als er wieder zu Hause war.

Vielleicht war auch Charlie der Rummel dort irgendwann zu viel geworden. Dann doch lieber Bad Salzungen, die alte Stadt zwischen Rennsteig und Rhön, umgeben von Wäldern und Wiesen. Ruhiger lebte es sich hier allemal und ohne Frage war hier auch die Luft um einiges besser als in Köln.

Ganz so unbeschwert erwiesen sich die Dinge für sie jedoch nicht. In der lauten Metropole am Rhein mag ihr der Plan mit der Pension noch als ein reizvolles Abenteuer in vertrauter Umgebung vorgekommen sein. Aber hier, vor Ort, nach langer Abwesenheit, sah es doch ein wenig anders aus. Es gab den störrischen Linus, mit dem sie auf einmal auskommen musste und der über ihre Rückkehr alles andere als erfreut gewesen war. Das riesige, verwilderte Grundstück mit den steinernen Figuren, das in Ordnung gebracht werden musste. Dann die zahlreichen Umbauten im „Werra Blick", die sich hinzogen und immer wieder alles durcheinanderbrachten. Nicht zu vergessen die robusten und frohwüchsigen Reichshühner, über die sich einige Gäste schon beschwert hatten, weil das ausgeschlafene Federvieh jeden Morgen in aller Frühe loslegte. Ganz zu schweigen von dem Hahn, der den ganzen Tag über krähte und dessen Verschwinden Charlie bisher noch gar nicht aufgefallen war. Und dann natürlich die ominöse Truhe. Auch davon wusste sie bis jetzt noch nichts und es blieb nur zu hoffen, dass Linus beizeiten einfiel, wie er die Sache mit den Kirchenschätzen aus der Welt schaffte, bevor die Polizei oder sonst wer davon Wind bekam.

Zürn stand auf, öffnete das kleine Fenster ganz und lehnte sich hinaus. Es war still. Nicht eine einzige Grille zirpte durch die Nacht und vor allen Dingen; kein Klopfen, kein Scharren, kein Graben und Wühlen. Nichts. Müde schloss er das Fenster und ging nach oben. Tatsächlich brachte er es noch fertig den Fontane aus seiner Reisetasche zu kramen und die ersten Seiten im Schein der Nachttischlampe aufzuschlagen.

Irgendwann in den frühen Morgenstunden, kurz vor Sonnenaufgang, schreckte er hoch, den Band mit den Wanderungen durch die Mark Brandenburg noch immer in der Hand. Benommen legte er das Buch beiseite und löschte das Licht. Mit der ungenauen Empfindung, Fontane zumindest dieses eine Mal einen Schritt näher gekommen zu sein, schlief er wieder ein.

***

Als Zürn am Morgen nach draußen trat, um einen Blick auf die Wetterlage zu werfen, fand er eine Nachricht von Charlie am Türrahmen angeheftet.

„Guten Morgen! Ich wollte Sie heute früh mit in die Stadt nehmen, aber Sie schliefen anscheinend noch fest. Frühstück steht in der Küche. Falls Sie Lust auf Bewegung haben: ich bin ungefähr ab fünf in den Solewelten. Badehose nicht vergessen!"

Er blickte zum Himmel, der heute eher wolkenverschleiert daherkam. Nicht so strahlend klar wie in den letzten Tagen. Mit Charlie in die Sole! Lust auf Bewegung! Das kam jetzt etwas überraschend. Zürn faltete den Zettel zusammen, ging nach oben und packte seine Reisetasche vollständig aus. Die Badehose lag ganz unten, schwarz, mit zwei weißen sportlichen Streifen an den Seiten und sie sah ziemlich knapp aus für einen Fünfundsechzigjährigen. Und dann diese albernen Streifen. Er warf sie zurück in die Tasche und beschloss, sich nachher in der Stadt eine Neue zu kaufen. Dann packte er noch ein Handtuch mit Duschzeug in seinen Rucksack, zog sich an und ging rüber in die Villa. Mit einem schnellen Seitenblick registrierte Zürn, dass die Tür zum Atelier geschlossen war und auch der alte Ford-Bus war nicht zu sehen. Erleichtert, niemandem zu begegnen, betrat er die Küche im Herrenhaus. Auf dem Tisch stand lediglich Gedeck für eine Person. Wie es schien, war er zurzeit der einzige Gast im „Werra Blick". Charlie war bereits in der Stadt. Das große Haus lag still.

Zürn trank einen Kaffee im Stehen und blätterte nachlässig über die ausliegende Tageszeitung. Auf der letzten Seite fand er sein Tageshoroskop. Unter dem Sternzeichen Löwe warnte Mars vor erhöhter Verletzungsgefahr bei sportlichen Aktivitäten.

„Wusste ich's doch" brummte Zürn, trank seinen Kaffee aus und machte sich auf den Weg hinunter nach Bad Salzungen.

***

In der gut sortierten Buchhandlung am Markt erwarb er zunächst einen bebilderten Stadtführer mit faltbarem Stadtplan, dazu zwei Ansichtskarten mit Blick auf den Burgsee und setzte sich damit auf eine Bank vor der Buchhandlung. Die Sonne kam nicht richtig durch, noch hing ein dunstiger Frühnebel über der Stadt. Gegenüber baute ein Obst- und Gemüsehändler seinen Marktstand auf. Zürn verstaute die beiden Karten im Rucksack und schlug den Stadtführer auf.

Gleich auf der ersten Seite geriet er ins Trudeln. Es war von Kelten die Rede, von Bronze und Jungsteinzeiten und von Funden aus der Latènezeit beim Bau der Gradierhäuser im Ort. Vor Zürn tat sich ein unüberwindbares Gräberfeld aus Wissenslücken auf. Latènezeit? Und wer waren diese Hermunduren? Hörte sich an wie eine fahrende Artistentruppe. Auch dass Thüringen nach einer verlorenen Schlacht an der Unstrut im fünften Jahrhundert fränkisches Territorium wurde, hatte er zwar schon einmal irgendwo gehört, siehe Veste Coburg, es war ihm aber nicht mehr gegenwärtig.

Nachdenklich ließ Zürn den Stadtführer sinken und schaute dem Markthändler dabei zu, wie er seine Holzkisten auf der schrägen Ablage aneinanderreihte und kleine Pappschilder mit einem Filzstift beschriftete, die er mit einer Reißzwecke daran befestigte. Die unerwartet wieder entdeckte Verwandtschaft zwischen Thüringen und Franken gefiel Zürn. Vor dieser historischen Kulisse konnte er sich die mit Blutwurst gefüllten Bratäpfel aus Charlies Küche nun auch genauso gut auf der Karte einer fränkischen Heckenwirtschaft vorstellen. Thüringer Blutwurst und fränkischer Wein. So einfach war das. Manchmal brauchte es nur einen kurzen Blick über den eigenen Tellerrand und schon rückte die gemeinsame Geschichte näher. Er begann nochmal von vorn.

Bad Salzungen, die grüne Stadt an der Werra. Aufmerksam ging er die erste Seite mit den vielen Zeitabschnitten durch und erfuhr so wenigstens zum Schluss, dass man als Latènezeit die schon erwähnte Keltenkultur bezeichnet, die etwa 450 Jahre v. Chr. begann. Das war nun bald zweitausend Jahre her. Eine lange Zeit. Wirklich beeindruckend, dachte Zürn und sah sich nach einem Café um, das schon geöffnet hatte. Schwungvoll packte der Landmann gegenüber, die ersten Tüten für seine Kundschaft. Gab es bei den Kelten eigentlich auch schon Obst- und Gemüsehändler? Bestimmt. Nur Tüten hatten sie vermutlich noch keine. Und auch keine Filzstifte. Zürn klappte das Büchlein zu, nahm seinen Rucksack und lief quer über den Marktplatz bis zum äußersten Ende der langen Rathausfront. Vor einer Kaffeestube mit eigener Rösterei saßen bereits die ersten Gäste an den Tischen. Die Sonne war durchgekommen, der Tag nahm seinen Lauf und Zürn verlangte es nach einem überschaubaren Frühstück. Er bestellte das auf der Karte sogenannte „Kleine" und schlug noch einmal seinen Stadtführer auf.

Nachlässig überblätterte er die ersten Seiten und blieb bei dem großen Brand im November 1786 hängen, der damals fast die gesamte Innenstadt von damals noch Salzungen, ohne Bad, zerstörte. Ein solches Feuer in jener Zeit musste verheerend gewesen sein; keine Feuerwehr, kein Rettungsdienst, Wasser nur aus Eimern. Die engen Gassen, aus denen es kein Entkommen vor den Flammen gab und am Ende lag die halbe Stadt in Schutt und Asche. Wer konnte, wer wollte sich das wirklich vorstellen?

Zürn sah auf. Das „Kleine" kam. Er legte den Stadtführer beiseite und rührte einen Spritzer Milch in seinen Kaffee.

Von irgendwoher schlug es Zehn. Direkt neben ihm begann ein Bratwurststand mit seinen Vorbereitungen für das Mittagsgeschäft. Zürn ließ sich davon nicht stören, frühstückte in aller Ruhe, trank seinen Kaffee aus und winkte der Bedienung.

Die Badehose! Fast hätte er es vergessen.

„Einfach die Straße hoch, rechter Hand ist ein großes Sportgeschäft. Die haben bestimmt was Passendes für Sie", gab sie ihm Auskunft und musterte ihn vergnügt. Als hätte er gerade nach dem Termin für den nächsten Schwimmkurs gefragt. Ihr Lächeln war zeitlos schön und dabei von einem Hintersinn, den er nicht recht deuten konnte. Beinahe zweideutig. Wegen einer Badehose! Zürn hinterließ ein ordentliches Trinkgeld und erstand in dem nur wenige Schritte entfernten Laden eine bequeme Short-Badehose, seniorengerecht, nicht so knapp und ohne Streifen, dafür in einem dezent gemusterten Blau.

Als er wieder auf der Straße stand und sich umblickte, verspürte er auf einmal ein leichtes Kribbeln, das ihm wie eine Gänsehaut über den Rücken lief. War es die lose Verabredung mit Charlie nachher in den Solewelten, die ihn bewegte? Seit ewigen Zeiten war er nicht mehr in einem Schwimmbad gewesen. Höchstens mal bis zur Hüfte im Wasser, unten am Mainufer. Was soll's, beruhigte sich Zürn. Schwimmen verlernt man nicht und die neue Badehose musste schließlich eingeweiht werden. Vielleicht war Charlie auch längst wieder oben in ihrem Herrenhaus und wirbelte durch die Küche. Es ging auf Mittag zu, die Temperatur stieg. Zürn schulterte seinen Rucksack und lief stadteinwärts. Unbewusst, ohne dass er darauf achtete, zog es ihn wieder an den großen See mit seiner malerischen Promenade.

Diesmal mied er den direkten Weg, lief eine steile Straße zwischen Villen und Gärten hinab und erreichte einen stillen Park unweit des Sees. Wie ein Kirchenschiff wölbten sich die dichten Baumkronen über den Wegen, hin und wieder blitzte die Sonne durch. Es war dämmrig kühl unter den alten Bäumen, keine Menschenseele weit und breit. Ohne Ziel, nur dem Rauschen der Blätter über ihm folgend, schlenderte Zürn weiter. Die Wege durch den stillen Park waren seltsam verschlungen, ohne erkennbare Ordnung. Fast wie ein Irrgarten. Mal ging es bergan, dann unversehens in einer vollendeten Drehung wieder abwärts. Da und dort standen Paletten mit Pflastersteinen und sonstigem Baumaterial und versperrten den Weg. Und ohne sich in dem aufgewühlten Grund Schuhe und Hose einzusauen, kam man nicht weiter. Auch Zürn stand plötzlich vor einem aufgeschütteten Erdhaufen, mitten auf dem Weg. Anscheinend wurde der ganze Park gerade neu hergerichtet. Linker Hand entdeckte er einen frischen Trampelpfad zwischen den Bäumen. Es ging steil hinab. Der feuchte Waldboden war rutschig und er musste höllisch aufpassen, um nicht an einem der Wurzelstränge hängen zu bleiben, die überall aus dem Boden ragten. Zuweilen rettete ihn nur ein ungelenker Sprung davor, erneut auf dem Hosenboden zu landen. Endlich kam wieder ein befestigter Weg, sein Atem beruhigte sich. Nur die Knie zitterten noch ein wenig.

Die Bäume standen nun nicht mehr so dicht und der Himmel weitete sich, es wurde heller und da war er auf einmal wieder; der schöne stille See, mitten in der Stadt. Von hier aus, oberhalb am Rande des Parks, konnte man ihn zwischen den Bäumen in seiner ganzen Ausdehnung bis hinüber zum anderen Ufer überblicken. Selbst eine Entengruppe, die wie weiße Blütenblätter in Ufernähe übers Wasser schaukelte, war zu erkennen. Zürn fummelte sein altes Klapphandy heraus. Ungeübt hielt er es mit ausgestrecktem Arm von sich, probierte einen brauchbaren Bildausschnitt zu finden und drückte schließlich die Taste mit dem markierten Fotoapparat darauf. Das Gerät krächzte wie ein verstellter Radiosender und natürlich misslang der Schnappschuss. Auf dem schmalen Display konnte er gerade noch die Häuser am Hang auf der gegenüberliegenden Seite erkennen, vom See selbst war nichts zu sehen. Er versuchte es noch einmal, hielt das Handy diesmal etwas höher und achtete auf die Bildschärfe. Nach und nach zoomte er näher. Eine kleine Ecke vom See erschien auf dem Suchfeld, ein verwackelter Teil der Promenade, einige Spaziergänger und dann setzte Zürn unvermittelt ab. So ganz wollte er nicht glauben, was er gerade entdeckt hatte. Er schaute noch einmal durch den Sucher. Kein Zweifel. Die grüne Latzhose, der riesige Strohhut. Linus und Geist!

Zürn ließ das Handy sinken. Die schöne Stimmung war mit einem Schlag dahin. Jetzt konnte er sie auch mit bloßem Auge erkennen. Gemächlich schob Linus den niedrigen Rollstuhl, in dem Geist, wie meistens schräg zur Seite geneigt, mehr hing als saß. Diesmal umhüllte ihn keine weiße Wolke. Oder die leichte See Brise hatte sie längst wieder verweht. Es sah wirklich harmlos aus wie sie in stiller Eintracht dahin wackelten, wie eine betreute Ausfahrt zur Mittagszeit. Zürn hatte allerdings seine Zweifel. Betreuer von Hilfsbedürftigen trugen im Allgemeinen keine verbeulten fleckigen Latzhosen und Geist hatte gewiss andere Bedürfnisse, als sich am hellen Tag und von allen Seiten gut sichtbar über die belebte Uferpromenade schieben zu lassen, ohne dabei unbemerkt einen Zug von seinem Heilkraut nehmen zu können. Da nützte selbst der breite Strohhut nichts.

Was also machten die beiden hier?

Vielleicht war Geist ja wirklich nur nach frischer Luft zumute, was nach den langen Stunden im dem verqualmten Atelier auch gut zu verstehen wäre. Aber das hätte er doch auch oben in dem riesigen Park mit den steinernen Wächtern haben können. Es musste doch umständlich sein, bis Linus ihn in seinen Bus geladen und hier heruntergeschafft hatte, nur um ihn einmal rund um den See zu schieben. Und dann wieder hoch zur Villa. Warum also die Mühe?

Die ausgegrabenen Kirchenschätze! Natürlich! Warum sonst sollten die beiden ihr verschwiegenes Refugium oberhalb der Stadt verlassen haben. Wollte Linus die Kiste vielleicht im See versenken, wo sie für immer aus der Welt verschwand? Tief genug wäre er ja. Bis zu fünfundzwanzig Meter, wie

Zürn gelesen hatte. Welche Rolle Geist bei diesem Manöver spielen könnte, war allerdings unklar. Eine große Hilfe konnte er dabei wohl nicht sein.

Nachdenklich blickte Zürn über den See, auf dessen spiegelglatter Oberfläche jetzt die Sonne glitzerte wie von winzigen Glassplittern. Für eine Weile hatte er die schräge Geschichte fast vergessen, so besinnlich war ihm der Vormittag bisher vergangen. Linus und Geist waren inzwischen unter den Bäumen an der Uferpromenade verschwunden und nicht mehr zu sehen.

Obwohl es eigentlich keinen rechten Grund dafür gab, war Zürn beunruhigt. Ausgerechnet jetzt, wo er gerade dabei war, sich endlich einmal von den immer noch gegenwärtigen Bildern aus seiner Zeit als Ermittler zu lösen, meldeten sich wieder die alten Reflexe. Zwar war er in diesem Fall mit der Thematik nicht vertraut, auch das verqualmte Milieu war ihm weitestgehend fremd, aber ungeachtet dessen befand er sich im Grunde schon mittendrin in dieser geisterhaften Affäre. Gewissermaßen als dritter Mann. Zwar ohne Vorsatz, aber nicht ganz unbeteiligt, wie er sich eingestehen musste. Wenigstens waren es keine bleichen Knochenreste, bei deren Bergung er Linus in der Morgendämmerung geholfen hatte, fasste sich Zürn. Dann sähe die Sache ein wenig anders aus. Trotzdem ließ ihn der Anblick der beiden Brüder im Geiste, oder besser im Rausche, keine Ruhe. Und die Begegnung mit Charlie in der Therme stand ihm ja auch noch bevor.

Er steckte das Handy wieder ein und erreichte auf festem Weg die Uferpromenade. Nachdenklich lief er stadteinwärts und stand plötzlich vor einem grauen, über mannshohen Basaltkegel, der ihm bei seinem ersten Rundgang nicht aufgefallen war. Der schiefergraue Stein wirkte unbehauen, wie gerade ausgebrochen, und trug auf seiner Front eine rechteckige Gedenktafel aus dickem Blech. Davor steckte eine Stielvase mit zierlichen Rosen und etwas Grün in der Erde.

Zürn kramte seinen Stadtführer hervor und fand ein paar knappe Angaben zu dem Monument. Das leicht verwitterte, von hellem Grünspan umrandete Porträt zeigte den Maler und Mundartdichter Christian Ludwig Wucke. Abwesend, den Kopf gesenkt, die Augen niedergeschlagen schien es, als lauschte der Künstler dem Wellengang am Uferrand, nur wenige Schritte entfernt. 1807 bis 1883 las Zürn auf der kleinen Tafel, geboren und gestorben in seiner Heimatstadt Bad Salzungen. Wenngleich er sich für einigermaßen belesen hielt, sagte ihm der Name Ludwig Wucke jedoch nichts. Nie gehört. Offenbar ein Heimatdichter, wie man die Autoren nannte, die im regionalen Dialekt schrieben. Klang immer etwas geringschätzig, provinziell, nicht der höheren Literatur zugehörig. Und doch, nicht weit von hier in Eisenach, verbrachte der Mundartdichter Fritz Reuter seine letzten Lebensjahre in einer prächtigen Villa am Fuße der Wartburg. Auch er schrieb nie anders als in niederdeutscher Sprache und wurde damit bekannt und berühmt. Noch dazu vermögend. Trotz dieses schwer zu lesenden Platts. Ganz so weit hatte es sein Bad Salzunger Kollege wohl nicht gebracht. Dafür besaß Wucke unbestritten den schöneren Gedenkstein im Vergleich zu Reuters pompöser Grabanlage in Eisenach, die Zürn aus einem Bildband über Thüringen und seine Poeten noch vor Augen hatte und die ihn eher an ein Ehrenmal aus der Zeit der französischen Feldzüge erinnerte als an einen feinsinnigen Poeten. Auch mit Reuters Dichtung im Original konnte Zürn nicht viel anfangen. Dieser schwerfällige Dialekt, die fremden Begriffe. Das war ihm zu anstrengend. Aber etwas von diesem Christian Ludwig Wucke lesen könnte er, nahm Zürn sich vor. Bestimmt gab es in der Buchhandlung am Markt etwas Passendes über den Bad Salzunger Heimat- und Sagendichter. Das erschien Zürn allemal geistreicher, als sich mit Feuersbrünsten und sonstigen Verheerungen aus vergangenen Jahrhunderten zu beschäftigen. Schon gar nicht bei dieser Hitze.

Es war Mittagszeit. Linus und sein Geist konnten warten. Kurzerhand lief Zürn weiter Richtung Marktplatz, wo ihm von heute Morgen noch ein Lokal im Erdgeschoss des alten Rathauses an der Ecke in Erinnerung war. Ratsstube oder auch Ratskeller hießen diese historischen Räume im Untergeschoss meistens und fast immer ging es ein paar Stufen hinab. So auch hier. Durch die tiefen Fenster blickte Zürn in ein Kellergewölbe mit mittelalterlicher Spitzbogendecke, die Tische standen zur Seite gerückt an den Wänden, die Stühle obenauf. Gäste waren keine zu sehen, nicht einmal Ratsherren. Im Kasten neben der Tür hing ein handgeschriebener Hinweis. Wir machen Urlaub! Schade, dachte Zürn, der sich diese gastronomische Unterwelt gern einmal näher angesehen hätte. Aber vielleicht war es auch besser, sich jetzt nicht den Magen mit einem schweren Braten vollzuschlagen, sonst trieb er nachher in der warmen Sole neben Charlie womöglich noch kieloben.

Er sah sich um. Am Bratwurststand neben der Kaffeerösterei war reger Betrieb. Zürn reihte sich ein.

Mit der heißen Bratwurst in der Hand gesellte er sich an einen der Stehtische und wurde dabei schon bald Zeuge eines wunderlichen Streitgesprächs. Es ging, was sonst, um die Wurst. Zwei ältere Herrschaften, beide bärtig und gut beleibt, debattierten über die Besonderheiten ihrer Bratwurst. Franken oder Thüringen, katholisch oder protestantisch, mit Kümmel oder ohne? Zürn lauschte interessiert.

„Die Coburger kannst du vergessen! Viel zu grob. Und dann auch noch der Unsinn mit den Kiefernzapfen. Das schmeckt doch wie nach einem Waldbrand! Als hättest du die Wurst ins offene Feuer geschmissen. Wären sie vor hundert Jahren mal besser bei Thüringen geblieben, dann hätten sie heute noch eine gescheite Bratwurst."

Gräben taten sich auf.

„Finde ich nicht", entgegnete der Andere und wischte sich mit der Serviette den Senf aus den Mundwinkeln. „Ich habe mal eine probiert. Das mit den Zapfen ist natürlich gewöhnungsbedürftig. Aber sonst. Da habe ich schon schlechtere gegessen. Einmal an der niederländischen Grenze, kurz hinter Venlo…"

In diesem Sinn ging es weiter. Vor Zürn öffnete sich ein bisher unbekannter Kosmos. Wenn er die beiden richtig verstand, konnte die Eigenart einer Bratwurst ganze Landstriche teilen oder bestenfalls auch verbinden. Kam ganz auf die Sichtweise an. Natürlich aß Zürn zu Hause gelegentlich eine Bratwurst, obwohl er sich nicht allzu viel daraus machte. Wenn schon etwas zwischendurch, dann lieber einen Leberkäs. Dass über Geschmack und Herkunft einer Bratwurst jedoch derart tiefgründige Meinungsverschiedenheiten bestanden, hatte er nicht gewusst, nicht einmal geahnt. Er war beeindruckt.

Die Unterhaltung blieb spannend, auch noch mit vollem Mund. Unmerklich verwehten dabei die Landesgrenzen zwischen Nord und Süd im Rauch über der glühenden Thüringer Holzkohle und den Coburger Kiefernzapfen. Nur der hohe Kamm des Rennsteigs lag jetzt noch zwischen beiden Regionen und der einzig wahren Zubereitung ihrer Bratwürste. Sogar richtige Bratwurstkönige gab es hüben wie drüben. Nicht zu vergessen die traditionellen Wettbewerbe untereinander und obendrein immer neue Bratwurst-Varianten; mit Chili, mit Käse, mal exotisch mit Fenchel und einer Prise Anis, oder auch historisch mit Bärlauch und allerlei Kräutern aus der Küche des Mittelalters. Sogar von Knoblauch war die Rede, was Zürn sich nun gar nicht vorstellen konnte. Auch Größe und Gewicht wurden manchmal verändert, wodurch natürlich auch die Intensität der Zugaben eine andere Wirkung bekam. Vieles davon geriet nach kurzem Wirbel wieder in Vergessenheit. Was blieb, war die klassische Bratwurst mit ihrer regionalen Eigenart. Ein wahrhaft weites Feld.

Zürn lauschte gespannt. Die Stehtische ringsum waren mittlerweile komplett belagert. Der Mann am Grill kam kaum nach. Jeder hatte eine Bratwurst in der Hand und viel geredet wurde nicht. Bis auf die zwei Experten.

„Ihr mit eurem Majoran! Und dann auch noch Zitrone!"

Vor lauter Aufregung verschluckte er sich.

„Zitrone", schnaufte er mit gerötetem Gesicht. „Das muss man sich mal vorstellen. Zitrone! Warum nehmt ihr denn nicht gleich Brausepulver? Das ist doch keine richtige Bratwurst mehr! Vielleicht für die Chinesen, aber nicht hier bei uns."

Das war er, dachte Zürn begeistert; der echte, der oft geforderte, gesellschaftliche Diskurs. Das wahre Bürgergespräch. Kein Politiker-Geschwafel, keine leeren Versprechungen, keine lauen Kompromisse. Stattdessen gepfefferte Argumente und bissfeste Positionen.

Gelassen muffelte sein Gegenüber an seiner Wurst. Er hatte die Ruhe weg.

„Da ist doch nur ein Spritzer davon drin", antwortete er mit vollem Mund und sah Zürn dabei an, als wartete er auf dessen Zustimmung, „das merkst du doch gar nicht. Anders, als mit eurem Kümmel-Zeugs und immer ordentlich Pfeffer dazu. Das schmeckt vor! Und dann macht ihr auch noch

Rindfleisch mit rein."

„Wie kommst du denn darauf?"

Trotz aller Einwände blieb ihr Gespräch gemütlich. Das musste an der Thematik liegen. Zudem schienen sie sich gut zu kennen.

„Hab ich gelesen. Essen möchte ich das aber nicht. Und wenn, dann nur mit einer Riesenportion extra scharfem Senf. Wenn mir dann die Tränen kommen, weiß ich immerhin warum."

„Bestimmt vor lauter Begeisterung", antwortete sein Kontrahent.

„Oder aus Verzweiflung", erwiderte der Andere und knüllte seine Serviette zusammen. Dann brachte er die senfverschmierten Pappteller weg und kam mit zwei Bierflaschen in der Hand zurück. Auf einer Bank unter den Bäumen setzten sie ihre Unterhaltung fort. Ob es dabei noch immer um die Wurst ging, konnte Zürn auf die Entfernung nicht mehr verstehen.

Die Bratwurst in seiner Hand war schon ein wenig abgekühlt und das Brötchen von Bratfett und Senf durchweicht wie ein Badeschwamm. Was soll's. Diese kulinarische Schulstunde war es allemal wert. In einer Zeitspanne, die man üblicherweise für den Verzehr einer Bratwurst egal ob in Thüringen oder in Franken brauchte, hatte er mehr über die Leib- und Seelen-Nahrung der beiden Bundesländer erfahren als bei jeder gastronomischen Exkursion. Und das Ganze auch noch im Originalton!

Er sah hinüber zur Bank. Die beiden Fachmänner waren weg. Gut möglich, dass sie schon auf dem Weg zur nächsten Bude waren.

Eigentlich ist es mit einer Bratwurst ähnlich wie mit einem Wein, dachte Zürn. Herkunft sollte man schmecken und unterscheiden können, das ist die Kunst dabei, das macht es aus.

Beim nächsten Bissen ließ er den Senf weg und versuchte, den besonderen Geschmack seiner Bratwurst zu erfassen. Andächtig schloss er die Augen. Kümmel, Majoran, etwa ein Hauch Zitrone? Er kam nicht dahinter. Ihm fehlte einfach die Übung.

Rezept

4 grobe Bratwürste in einer großen Pfanne anbraten und in Alufolie gewickelt warmhalten. 1 EL Mehl hinzugeben und anschwitzen. 250 ml Fleischbrühe, 250 ml Bier und 1 EL Essig einrühren und 10 Minuten köcheln lassen. Mit Salz, Pfeffer, etwas Zitrone und 1 TL Kapern würzen. Die Bratwürste wieder in die Pfanne legen und nochmals 5 Minuten ziehen lassen. Dazu gibt es Pellkartoffeln. Und natürlich ein Bier.

***

Es war bereits Nachmittag. Ohne Eile war Zürn noch eine Zeitlang durch die Altstadt geschlendert, bevor er schließlich die Therme aufsuchte und an der Kasse ein Dreistunden-Ticket erwarb. Gespannt betrat er das Innere der Bad Salzunger Solewelten durch ein Drehkreuz. Erst hinterher fiel ihm ein, dass er ja ein Gutscheinheft mit vier kostenlosen Besuchen in den Solewelten besaß. Er hätte es nur vorzeigen und abstempeln lassen müssen. Was soll's, dachte er. Hin ist hin.

In einer engen Umkleidekabine wurstelte er sich sodann umständlich in seine neuen Badeshorts. Sie gingen ihm fast bis ans Knie und waren am Bund mit einer weißen Kordel festzumachen. Zürn zog stramm an und band die viel zu lange Kordel zu einer Schleife. Er kam sich vor wie eingepackt. Wenigstens entdeckte er bei einer letzten Drehung vor dem Spiegel noch das Preisschild am Bund, bevor er die Kabine wieder verließ. Den Rucksack und die Klamotten packte er in einen verschließbaren Spind gegenüber und legte das Armband mit dem Chip Code an. Mit Handtuch und Bürste in der Hand irrte er die Gänge rauf und runter und fand schließlich den Eingang zur Schwimmhalle. Es war feuchtschwül darin. Ein stetiges auf und abschwellendes Gemurmel erfüllte die hohe Halle. Ruhig plätscherte das Wasser gegen den Beckenrand,

Stimmen und Gelächter ringsum schienen in der Luft zu schweben. Zürn legte Handtuch und Bürste in ein leeres Regalfach neben der Tür und ging zu der geschwungenen Freitreppe, die hinunter ins Wasser führte. Vorsichtig betrat er die erste Stufe. Zutraulich umspülte das warme Wasser seine Knöchel, während er nach Charlie Ausschau hielt. Das riesige Becken war rund und hatte an seinen Rändern zahlreiche Nischen, in denen das Wasser in unregelmäßigen Wellenschlägen aufschäumte wie in einer Brandung. Ruhig zogen einige Badegäste ihre Kreise oder standen in kleineren Gruppen zusammen und hielten mit rudernden Armen die Balance.

Wie sah Charlie überhaupt aus? Trug sie einen Badeanzug, einen Bikini, hatte sie eine Bademütze auf?

Unwillkürlich zog Zürn den Bauch ein und schob die Schultern etwas nach vorn. Gut möglich, dass sie ihn schon entdeckt hatte.

Er ging zwei Stufen weiter. Jetzt reichte ihm das Wasser schon bis zur Hüfte. Von Charlie noch immer keine Spur und Zürn hatte plötzlich das Verlangen, ganz in die warme Brühe einzutauchen. Tastend nahm er die letzte Stufe. Sogleich hob das Wasser ihn auf, seine Füße verloren den Halt und leicht wie ein Bündel Seegras trieb er schwerelos davon. Zumindest kam es ihm gerade so vor. Entspannt machte er in Rückenlage einige Schwimmbewegungen und blickte dabei in die hohe Kuppel über ihm. Eine kunstvolle Konstruktion aus hölzernen Balken und Bögen, gestützt von einer einzigen, schlanken Sandsteinsäule in der Beckenmitte, überspannte die Halle. Kein Stahl, kein Beton, keine Aluminiumträger. Nur Holz und dazwischen Glas, das den Blick zum Himmel freigab.

Locker, fast bewegungslos ließ Zürn sich treiben und erreichte den gegenüberliegenden Beckenrand. Nichts spannte, nichts krampfte mehr, überall blieb das Wasser gleichmäßig warm. Von ihm getragen und umarmt zu werden, erschien ihm auf einmal wie die Rückkehr in einen Naturzustand und der leichte Salzgeschmack verschaffte ihm obendrein noch die Vorstellung einer besonders heilsamen Unternehmung. Nach und nach schwanden seine Vorbehalte und er begann die Situation, egal ob nun Kur oder Wellness, zu genießen. Selbst wenn es nur ein paar Tage waren; so einfach, ohne große Umstände, kam er wohl nicht mehr in eine Therme. Schon gar nicht fast umsonst. Und Dienstpläne gab es hier auch keine.

Prustend hielt Zürn sich an einer Trittleiter fest und wischte sich das Wasser aus den Augen. Die neuen Badeshorts klemmten etwas im Schritt und er sah sich zuerst um, bevor er sie zurechtrückte. Er hob den Kopf und schaute über den Beckenrand. Zu seiner Verwunderung gab es dort in der Ecke eine Bar mit einer Theke und Tischen davor. Eine Handvoll Badegäste saß an den zierlichen Tischen. Einige hatten sich in ihre Handtücher gewickelt, ab und zu hallte ein Lachen zu ihm herüber.

Charlie konnte er nirgendwo entdecken. Vielleicht war sie schon wieder auf dem Weg nach Hause oder sie saß irgendwo in der Stadt in einem Café und ließ es sich gutgehen.

Er stieß sich wieder ab und trieb langsam zur Beckenmitte hin. Wie ein Schlafwandler hob er ein Bein, dann das andere und blieb dabei bis zum Kinn in dem warmen Wasser. Er fühlte sich gut, angenehm schlapp und war im Augenblick froh, allein zu sein. Ab und zu schloss er die Augen und wenn er sie wieder öffnete, sah er über die sanften Wellen wie durch ein Periskop auf das ruhige Treiben um ihn herum. Allerdings hatte er mittlerweile ein wenig die Orientierung verloren und war, ohne es zu merken, in einem der abgeteilten Winkel angelangt. Zürn kam hoch und strich sich die Haare aus der Stirn. Das Becken war gar nicht so voll wie er vorhin, vom Rand aus, den Eindruck hatte. Jeder hatte genügend Platz. Die meisten Besucher trieben gemütlich in der Sole, einige machten im Stand irgendwelche Übungen oder liefen mit angelegten

Armen durchs Wasser, als wären sie auf Bußgang zur heiligen Quelle von Marienborn.

Er ging wieder in die Hocke und blinzelte voraus. Nicht weit von ihm entfernt hob sich ein silbrig glänzender Körper aus dem Wasser, krümmte sich und versank wieder in der Tiefe. Abermals tauchte der schillernde Leib auf, dehnte sich, reckte sich und hielt nun genau auf ihn zu. Augenblicklich wurde Zürn klar, dass das nur Charlie sein konnte, die ihm jetzt auch noch zuwinkte. Mit wenigen, kräftigen Zügen kam sie näher. Sie trug einen dunklen Badeanzug mit eingenähten Silberfäden oder etwas Ähnlichem und sie hatte natürlich eine Badekappe auf.

Bis zum Kinn im Wasser, sah Zürn ihr neugierig und auch etwas angespannt entgegen. Wie ein springvergnügter Karpfen pflügte Charlie durch die Wellen. Es sah aus wie aus einem Bilderbuch für Kinder über die phantastische Welt der Meerestiere. Als hätte jemand einen unterirdischen Hahn aufgedreht, fing es am Beckenrand hinter ihm plötzlich übergangslos zu sprudeln an. Das warme Wasser geriet in Wallung, die Düsen am Beckenboden und in der Wand erzeugten immer wilder werdende Strudel. Schaumkronen tanzten über die Oberfläche. Zürn verlor den Halt und wurde nach vorn getrieben. Charlie war auf einmal dicht vor ihm. Mit einem Dreh zur Seite versuchte sie noch auszuweichen, aber da hatte die Strömung sie schon beide aneinandergedrückt. Ein unbeholfenes Ringen nach Halt und Abstand begann. Zürn schluckte jede Menge von der salzigen Brühe und hatte plötzlich eine Hand auf ihrer Brust. Ihre Beine verhedderten sich unter Wasser wie Schlingpflanzen und er war trotz seiner sonstigen Zurückhaltung in diesen Dingen für einen Augenblick lang versucht, einen Arm um sie legen und sie zu sich heranzuziehen. War das etwa die „Lust auf Bewegung", die Charlie in ihrer Nachricht heute Morgen angedeutet hatte? Sie hatte jedenfalls erkennbar ihren Spaß an der Situation und wenn sich in dem schwerelosen Drunter und Drüber für einen Moment ihre Blicke trafen, schaute sie ihn an, als hätte sie seine geheimsten Gedanken längst erraten. Noch einmal presste ein heftiger Strudel sie zusammen. Eng umschlungen, als wären sie unversehens in einem Sturzbach gelandet, trotzten sie den wilden Wassern und Zürn hoffte, dass die neue Badehose das Getümmel aushielt. Dann wurde die Strömung auf einmal wieder schwächer, der unterirdische Sog ließ nach. Überrascht lösten sie sich voneinander. Zürn rückte seine Badehose zurecht und stand einigermaßen fest, während Charlie eine Armlänge von ihm entfernt Position hielt.

„Hallo Herr Zürn! Schön, Sie zu sehen", prustete sie,

als wären sie sich gerade zufällig begegnet. „Ich dachte schon, Sie wären wasserscheu. Oder wie ist das bei Ihnen, in Franken? Habt Ihr dort keine Bäder?"

Zürn schnappte nach Luft und fummelte unter Wasser an seiner Badehose, die nicht so richtig sitzen wollte. Irgendwo hakte es. Entweder war sie zu stramm gebunden oder zu locker, und früher oder später musste er damit ja auch wieder aus dem Becken heraus. Charlie sah ihm belustigt dabei zu, wie er versuchte, das Problem mit der Hose diskret zu lösen.

„Klar. Bäder haben wir genug", antwortete er möglichst unbefangen und erwischte endlich die verfluchte Kordel. „Nur hatte ich bisher nie so richtig Zeit für so was."

Die Ausrede ging ihm überraschend glatt von den Lippen. Charlies glitzerndes Oberteil hob und senkte sich im ruhigen Wellenschlag.

„Für so was, sagen Sie! Was meinen Sie damit? Ohne mein regelmäßiges Bad in der Sole, würde ich glatt verdorren! Das muss ab und zu einfach sein. Wie sind Sie denn eigentlich auf unser schönes Bad Salzungen gekommen, was hat Sie hergeführt?"

Verdorren! Was für eine Vorstellung! Wo sie in ihrer glitzernden Hülle doch eher den Eindruck machte, als hätte sie nach ihren Worten den größten Teil ihres Lebens in der Sole verbracht.

„Hab ich gewonnen", antwortete Zürn. Gleich darauf hatte er das unbestimmte Gefühl, dass das nicht die allerbeste Erklärung für seine Anwesenheit in der neueröffneten Pension „Werra Blick" gewesen war. Charlie holte tief Luft und tauchte ab. Die dunkle Kontur ihrer Gestalt verschwamm über dem hellen Fliesengrund. Aus dem glitzernden Karpfen war ein Wolfsbarsch geworden, der im Wasser auf Beute lauerte. Zürn trat auf der Stelle. Sie kam wieder hoch. Ihr rundes Gesicht unter der Badekappe war gerötet.

„Gewonnen sagten Sie. So ähnlich wie bei einer Tombola? Ich dachte, Sie hätten sich für den ‚Werra Blick' entschieden, weil Ihnen unser Angebot gefallen hat."

Zürn war irritiert. Was war daran so Besonderes.

„Na ja. Gewonnen kann man eigentlich nicht sagen. Eher geschenkt. Bad Salzungen kannte ich bis dahin noch gar nicht."

Charlie gab keine Antwort. Sie ließ die Träger ihres Oberteils schnappen und sah ihn argwöhnisch an. Urplötzlich stand die Ampel zwischen ihnen auf Rot. Zürn machte ein paar lahme Schwimmbewegungen. Ihm war nicht ganz klar, was Charlie von ihm wollte.

„Geschenkt auch noch! Quasi umsonst. Na prima! Dann sind Sie ja genau richtig hier. Im Westen bucht man jeden Ramsch für teures Geld, aber zu uns kommt man nur, wenn es so gut wie nichts kostet. Unser schöner See, die alte Stadt und die herrliche Natur ringsum, alles gewonnen und geschenkt! Dreißig Jahre gefeierte Wiedervereinigung und noch immer zweite Wahl! Geschenkt! Ich glaub es nicht. Da hätte ich auch in Köln bleiben können."

Zürn war sprachlos. Er verstand nichts. Wie kam sie jetzt auf Köln, was brachte sie so auf? Hatte er sie in ihrem Idealismus gekränkt? Sie schien tatsächlich noch immer nichts von dieser Ausschreibung zu wissen, an der Linus eher unbeabsichtigt teilgenommen hatte. Die Geschichte zwischen den beiden war wirklich verworren und wenig miteinander reden, hieß in ihrem Fall auch, wenig voneinander zu wissen. Und dann diese sonderbaren Empfindlichkeiten. Erst Linus mit seiner hitzigen Bemerkung „drüben in Ihrem Bürokratenstaat" und jetzt Charlie, die es derart aufregte, dass er seinen Aufenthalt im „Werra Blick" gewonnen, wenn nicht sogar geschenkt bekommen hatte. Selbst wenn, was war daran so Schlimmes? Genauso gut hätte er sich bei ihr darüber beschweren können, dass er die Werra von dort oben aus bisher noch kein einziges Mal gesehen hatte. Schon gar nicht beim Blick aus dem Fenster der alten Kate, mit der Hecke davor. Von wegen Werrablick. Zürn gab auf. Für diese verworrene Sachlage fühlte er sich nicht zuständig, auch wenn er Charlie noch immer aufregend fand und im Grunde genommen nichts dagegen gehabt hätte, wenn plötzlich das Wasser wieder in Bewegung gekommen wäre.

Sie trat auf der Stelle und ruderte ungeduldig mit den Armen wie ein Leistungsschwimmer kurz vor dem Start. Aus den Lautsprechern an der Decke kam die helle Stimme der Bademeisterin.

„Liebe Gäste! In fünf Minuten beginnt unsere Wassergymnastik. Alle, die mitmachen wollen, treffen sich im Becken gegenüber dem Eingang."

Durch die Glasfelder in der Kuppel fiel grelles Sonnenlicht. Charlie glitzerte wie ein Diamant.

„Ich will mal nach vorn. Für Sie ist das wohl eher nichts."

Sie steuerte einen Schritt zurück und drehte ihm ohne eine Antwort abzuwarten den Rücken zu. Zürn sparte sich die Reaktion auf ihre spitze, vermutlich eher rhetorisch gemeinte Frage. Außerdem musste er zunächst einmal den Salzgeschmack auf seiner Zunge loswerden und die verfluchten Shorts zurechtrücken. Suchend drehte er sich mehrmals um die eigene Achse und nahm Kurs auf die Bar in der Ecke. Charlie war bereits davon gerudert, Richtung Beckenrand.

Das Stimmengewirr in der Halle wurde stärker,

unablässig gingen die Türen zu den einzelnen Abteilungen. Zürn trieb zur Ecke und zog sich an einer Aluleiter hoch. Als er einen Blick zurückwarf, sah er Charlie im Kreis mit anderen Frauen in dem hüfthohen Wasser stehen. Aus einer mobilen Box plärrte der diesjährige Sommerhit und die biegsame Bademeisterin turnte dazu die einzelnen Übungen im Takt vor. Jeder in der Gruppe reckte die Arme zum Himmel, beugte sich links, dann rechts und klatschte dabei in die Hände. Wie bei einem Erweckungsgottesdienst.

Das wäre tatsächlich nichts für ihn gewesen, dachte Zürn und steuerte die Bar an. Er brauchte jetzt etwas Frisches und zwar möglichst kein Wasser. Davon hatte er in den letzten zwei Stunden genug gehabt. Der Mann hinter dem Tresen sah ihm derart misstrauisch entgegen, als käme er vom Finanzamt. Zürn stützte sich auf die Theke.

„Ein dunkles Weizen, bitte."

„Ham wa nich."

Das war, nach Charlies Auftritt, jetzt schon die zweite Absage an diesem Tag. Zürn wurde ungehalten. Wenn er etwas nicht ausstehen konnte, waren es dumme Antworten von Leuten, die sich offensichtlich den falschen Beruf ausgesucht hatten.

„Was haben Sie denn?"

„Nehm'se halt ein Helles."

„Wenn es kalt ist."

„Warm wird's von alleene", raunzte der Flegel hinter dem Tresen im Berliner Dialekt und stellte die Flasche mit einem Glas vor Zürn.

Das Helle kam überraschenderweise aus dem oberfränkischen Kulmbach und erinnerte Zürn sogleich wieder an die vorübergehend in Vergessenheit geratene Verwandtschaft zwischen Thüringen und Franken. Zwei Regionen und doch in vielen Dingen eine Heimat. Wie die berühmten zwei Seelen in einer Brust. Heimat, dachte Zürn und zischte den ersten Schluck herunter, Heimat gibt es nicht als Mehrzahl. Vielleicht war das Charlies eigentliches Problem. War sie nun wieder hier zu Hause, oder noch in Köln? Bereute sie ihren Entschluss, in die Stadt ihrer Kindheit zurückzukehren, die Idee mit der Pension? Blieb sie letzten Endes im wahrsten Sinne des Wortes heimatlos zwischen beiden Welten, sehnte sie sich nach der einen und wenn sie dann dort war, nach der anderen? Das wäre zumindest eine Erklärung für ihre heftige Reaktion.

Zürn kühlte langsam aus. Die leidigen Shorts klebten an ihm wie eine durchweichte Zeitung. Er ließ dem Mann hinter dem Tresen noch einen letzten Schluck im Glas und zahlte mit der speziellen Funktion seines Chips am Handgelenk.

Zurück im Becken und bis zum Hals im warmen

Wasser ging es ihm gleich besser. Entspannt schob er sich voran. Noch immer bog und streckte sich die Gymnastikgruppe im Takt zu der Musik. Charlie war darunter nicht zu erkennen. Er erreichte die breite Freitreppe und stieg aus dem Wasser. Auf jeder Stufe, Schritt für Schritt, kehrte dabei die Schwerkraft wieder, kaum, dass er die Füße richtig hochbekam. Wenigstens hielt jetzt die Badehose. Schwerfällig tappte Zürn zum Ausgang und verließ die laute Halle, ohne sich noch einmal umzusehen.

***

In der holzgetäfelten Gaststube des „Thüringer Hofs" aß er ein ansehnlich belegtes Wurstbrot, bekam endlich sein dunkles Weizen, noch dazu aus der Rhön, und nahm anschließend den Bus hinauf in die Pension.

Es dämmerte bereits, als er den Park durchquerte. Aus den geöffneten Fenstern im Erdgeschoss des Herrenhauses klang Klaviermusik. Ein leichtes, dennoch schwermütiges Intermezzo, das ihm vertraut vorkam. Schubert? Bach? Zürn blieb einen Moment stehen und lauschte hinüber.

Der alte Ford stand vor Linus Werkstatt, aber es brannte kein Licht, alles war dunkel. Vielleicht waren sie beide drüben bei Geist in dem geerbten Häuschen und dösten dort ungestört vor sich hin. Auch die Hühner hatten sich schon in ihren Verschlag zurückgezogen und Zürn lief weiter, heilfroh, niemandem zu begegnen. Ob Huhn oder Mensch. Ihn verlangte es jetzt nach Ruhe.

Angenehm ermattet von der ungewohnten „Bewegung" in der Sole, müde von einem langen heißen Sommertag in der Stadt schaffte er es tatsächlich noch, die ersten vier Seiten der Wanderungen durch die Mark Brandenburg zu lesen. Auch wenn es ihn einige Mühe kostete. Einen Fernseher gab es in der alten Kate zum Glück nicht.

Es war dunkle Nacht, als er den Fontane schließlich beiseitelegte und die kleine Leselampe über dem Bett ausknipste. Fast schon im Schlaf, musste er noch einmal an Charlie denken. Ihr glitzernder Leib, ihre schöne Altstimme, ihre maßlose Empörung über die geschenkte Kur. Wie passte das alles zusammen? Alles nur Theater?

***

Zum ersten Mal seit langem wieder richtig ausgeschlafen saß Zürn am Tisch in der niedrigen Küche, rührte in seinem aufgebrühten Pulverkaffee und blätterte dabei in einem großformatigen Bildband über Thüringen, den er heute Morgen auf dem Küchentisch vorgefunden hatte. Hinüber ins Herrenhaus wollte Zürn nicht. Und nach Frühstück, womöglich auch noch in Gesellschaft, war ihm heute schon gar nicht zumute.

Wer hatte den Bildband dort hingelegt? Linus etwa?

Die Fotos waren größtenteils in Farbe, bis auf die historischen Aufnahmen, dazu stimmungsvolle Texte von einheimischen Autoren. Also, wie war das nochmal? Thüringen Nord, Thüringer Becken, Thüringen Süd. Mal bläst der Wind aus dem Sächsischen, mal aus dem Fränkischen, bevor er sich in den Tälern zu beiden Seiten des Rennsteigs niederlässt und über Feld und Wald hinwegstreicht. Eigentlich ist es wie mit der Reformation, dachte Zürn. Thüringen und Franken sind beides zugleich, katholisch und evangelisch, hüben wie drüben. Und die Bratwurst, das hatte er jetzt gelernt, ist ihr gemeinsames Brevier.

Das Vorwort stammte von Bernhard Vogel, der, soweit Zürn sich erinnerte, lange Jahre Ministerpräsident von Thüringen gewesen war. Gleich zu Anfang, kurz nach der Wende. Mittlerweile auch schon bald dreißig Jahre her. Ausführlich ging der Text auf die Geschichte Thüringens ein und natürlich kam die Wartburg mehrfach darin vor. Unter anderem bei der Gründung der Deutschen Burschenschaft im Jahr 1815, was Zürn besonders aufmerksam nachlas. 1815 die Sache mit den Burschenschaften und 1518 verteidigt Luther in Heidelberg seine Thesen zur Reformation vor dem Generalkonvent der Augustinereremiten. Ein einprägsamer

Zahlendreher, der leicht zu merken war. Selbst für den wenig geschichtserfahrenen Hauptkommissar Zürn, der früher Gerichtsakten und Vernehmungsprotokolle studierte.

Dann, bei den Ereignissen aus jüngerer Zeit, wurde es staatstragend. Immer noch feierlich, aber nun mehr das Große und Ganze betreffend, weniger die Details. 1989. Natürlich hatte auch Zürn die Bilder jener Tage noch in Erinnerung: die eingerissene Mauer, die Trabi Kolonnen an den Grenzübergängen, die fassungslosen Gesichter in der obersten Riege des Zentralkomitees. Aber sonst. Was war mit der Entwicklung danach, als alles in tausend Einzelteile zerfiel und sich die unterschiedlichsten Interessen gegenüber standen? Gab es die Carl Zeiss Werke Jena eigentlich noch? Oder wie hießen sie jetzt? Die Suhler Waffenschmiede, die staatliche Porzellan Manufaktur Meißen? Und was war aus dieser Treuhand geworden?

Nachdenklich blätterte Zürn weiter zu einer ganzseitigen Aufnahme mit dem Bild des spätgotischen Rathauses von Eisenach. Die glatte, fensterlose Seitenansicht zum Marktplatz hin machte nicht viel her. Kein Prunk, keine Figuren und symbolträchtigen Fratzen, wie sonst an den historischen Fassaden üblich. Dafür lehnte an der Front, gleich links neben dem Eingang, ein schmaler dachhoher Erker.

Auf dem saß, unpassend wie ein zu großer Hut, ein gewaltiger schiefergedeckter Turm. Obendrein auch noch schief. Aber das hatten nicht die damaligen Baumeister verpatzt, las er nach, sondern die dezente Schieflage war einem Bombardement im zweiten Weltkrieg zu verdanken. Glücklicherweise ist dabei der Turm oben geblieben.

Auf der nächsten Seite ging es von Eisenach in südlicher Richtung über Schloss Wilhelmsthal zurück nach Bad Salzungen. Am äußersten Rand einer Aufnahme der herrlichen, von Fürst Pückler angelegten Parkanlage rund um das Schloss, fand Zürn einen Notizzettel von Charlie angeheftet.

„Viel Spaß damit! Deswegen sind sie doch hier. Oder?"

Also war es Charlie gewesen, die ihm irgendwann gestern, nach ihrer stürmischen Romanze in der Sole, den Wälzer auf den Tisch gelegt hatte. Zürn war nicht sonderlich überrascht. Nicht, dass er etwas Ähnliches erwartet hätte, aber ein solches Nachspiel passte zu ihr. Er hatte schon bei ihrer ersten Begegnung in der Küche des Herrenhauses den Eindruck gehabt, dass sie einen starken Drang zur Bühne besaß. Ihre sinnlichen Bewegungen während sie sich verschwitzt über das Blech mit den scharfen blutwurstgefüllten Äpfeln beugte, mit der engen Schürze an den Hüften, die sie zwischendurch immer wieder mal glattstrich, wohl wissend, dass Zürn ihr dabei zusah. Später dann, zum Abschied, der Blick aus ihren dunklen Augen in denen sich der Schein der schmiedeeisernen Lampe über der Haustür widerspiegelte. Mit einem Hauch von Spott im Ausdruck. Und dann die Nummer im Bad. Bis zu den Hüften im Wasser stehend, zappelig wie ein glatter, silbrig glänzender Fisch, mit voller Stimme und erzürnter Gestik, immer etwas überdreht, hätte sie mit diesem Auftritt auch fabelhaft in eine turbulente Kinokomödie gepasst.

„Die ganze Kur, einfach geschenkt und gewonnen! Wie bei einer Tombola fürs Tierheim. Welch ein Hochmut! Was für eine Posse!"

Und so weiter. Und kaum fertig mit ihrer schwungvollen Darbietung, dreht sie mit einem kurzen Nachsatz ab und lässt ihn einfach stehen, um in einer Gruppe Gleichgesinnter harmlose Entspannungsübungen zu exerzieren. Ohne einen einzigen Blick zurück. Geradezu bühnenreif. Auf alle Fälle verstand sie es, sich in Szene zu setzen, zumal sie dem Anschein nach selbst Vergnügen an ihrem komischen Talent hatte. Wie bei dieser Kollision mit Zürn, in den wilden Wassern der Sole. Wahrscheinlich hatte sie zuvor am Beckenrand nach ihm Ausschau gehalten und war dann springvergnügt auf ihn zugesteuert, um sich mit ihm anzulegen.

Könnte so gewesen sein.

Bei der Erinnerung an die stürmische Begegnung musste Zürn einmal tief Luft holen. Dabei hob und dehnte sich sein Zwerchfell, als suchte es nach einem Ausweg aus dem engen Gehäuse und er spürte ein leichtes Klopfen hinter den Rippen. War dies etwa der Sitz seiner Seele, fragte er sich erstaunt. In all den Jahren verborgen geblieben, begraben unter Dienstplänen und Stapeln von Fahndungsakten und nun auf einmal erwacht. Ausgerechnet hier, in fremder Umgebung, fern der Heimat, abseits aller vertrauten Wege.

Zürn fiel auf, dass er mit seinen umständlichen Überlegungen gerade dabei war, selber ins komödiantische Fach abzuirren, scheinbar inspiriert von Charlies schauspielerischem Temperament. Trotzdem. Die naive Vorstellung über den Sitz seiner Seele gefiel ihm. Sie hatte etwas Revolutionäres. Wie eine verstopfte Nase, die plötzlich wieder frei wird und den Atem beschleunigt.

Er legte Charlies Notiz als Lesezeichen in den Bildband, erhob sich und stellte noch einmal Kaffeewasser auf. Der Kessel summte, der Morgennebel löste sich langsam auf. Zürn lehnte sich zurück, verschränkte die Arme und blickte nachdenklich zu Boden. Eine rotbraune Feldmaus huschte geschäftig unter dem Tisch hin und her. Dann, als hätte sie bemerkt, dass sie beobachtet wurde, flitzte sie unter den großen Bier-Kühlschrank, kam am anderen Ende wieder hervor, und zack, ab in den Flur. Weg war sie. Die Haustür war nur angelehnt und dort draußen wartete auf sie das Glück eines herrlichen Sommertages in endlosen Wiesen und Feldern. Zürn war beeindruckt. Mutig, ohne zu zögern, hatte die kleine Feldmaus ihren Weg in die Freiheit gefunden. Wie einem inneren Kompass folgend.

Mit dünnen Schlägen bimmelte die alte Küchenuhr an der Wand achtmal. Kurzerhand stellte Zürn das Wasser wieder ab und sprang unter die Dusche. Ihm kam es auf einmal vor, als hätte er keine Zeit zu verlieren. Als wäre noch Einiges zu erledigen.

***

Früh am Morgen stand Zürn vor dem Eingangsportal der Stadtkirche St. Simplicius und sann darüber nach, wann er seit seiner Konfirmation eigentlich zum letzten Mal eine Kirche betreten hatte. Er konnte sich nicht erinnern. Dafür fiel ihm plötzlich der Heimatdichter Wucke ein und dass er sich doch etwas von ihm in der Buchhandlung am Markt besorgen wollte. Später, nahm er sich vor.

Der Himmel war klar, die Luft noch frisch und rein. Zürn legte den Kopf in den Nacken und blickte hoch zur Turmspitze. Irgendwo da oben gab es eine sogenannte Türmer Wohnung, die damals, in den zwanziger Jahren, von einer Türmerin namens Börner bewohnt wurde. Mit ihren Kindern! Wie viele es genau waren, stand nicht in seinem Stadtführer. Zürn wurde es allein vom Hochschauen schon schwindelig, während er versuchte, sich den Alltag der Frau Börner vorzustellen. Einen Kasten Apoldaer Bier hatte sie wohl nicht hinauftragen müssen, die Frau Türmerin, aber sonst? Die vielen Stufen, die engen Räume, noch dazu rund und schlecht zu möblieren, mehrmals am Tag hoch und runter, mit und ohne die Kinder. Und dann war sie ja neben dem allgemeinen Kirchendienst auch noch für den Läutedienst und die Feuerwache zuständig. Was für ein Leben!

Die Sonne stieg und nebenan im alten Amtsgericht begann der Alltag. In schwarzen Talaren, geschäftig wie Raben, eilten die ersten Anwälte zu ihren Terminen. Die wenigen Parkplätze auf dem Kirchplatz waren bereits alle belegt.

Zürn besann sich. Am Anfang war das Paradies, das wusste noch jeder. Dann kam der Sündenfall, dann die Griechen, danach die Römer. Oder war es umgekehrt? Egal. Jedenfalls vergingen bis zum Beginn der christlichen Zeitrechnung mit der Geburt Christi noch einmal tausend Jahre und seitdem weitere zweitausend Jahre bis zum heutigen Tag. Das waren schwer zu fassende Ewigkeiten. Sankt

Simplicius wurde nach zahlreichen Zerstörungen und Bränden zuletzt 1789–91 wieder aufgebaut, stand in seinem Stadtführer. Also vor über zweihundert Jahren. Mit dieser überschaubaren Zeitfolge konnte Zürn schon eher etwas anfangen. Bewegt vom wechselhaften Schicksal der mächtigen Stadtkirche und ihrer immerwährenden Auferstehung, schaltete er sein Handy aus und trat durch das geöffnete Portal ins Innere von St. Simplicius.

Der hohe Kirchenraum erschien klar und aufgeräumt, gleichsam reformiert. Kein barocker Prunk wie in den meisten fränkischen Gotteshäusern, nur sparsames Blattgold, kaum Zierrat, nichts, was das Auge abschweifen ließ. An der Ost- und Westseite erhob sich jeweils eine zweistöckige Galerie auf Säulen, die ihn an die Logen im Würzburger Stadttheater erinnerten. Auch hier die Front glatt und ohne Beiwerk. Links wie rechts das gleiche Maß. Wie gespiegelt. Nur die Empore vor der mächtigen Orgel zeigte einen sanften Schwung von Wand zu Wand. Alle Einbauten, auch die engen Bänke und Ablagen darüber, waren in einem dezenten, klassischen Altweiß gehalten.

Zürn blieb stehen. Es war kühl hier drinnen und die andächtige Stille rauschte ihm in den Ohren wie vor Beginn einer Predigt. Langsam schritt er weiter nach vorn, auf den genau mittig unter der

Orgel zentrierten Kanzelaltar zu. Links davon, in der äußersten Ecke, entdeckte er einen schmalen Aufgang zur Empore. Zögernd sah er sich um. Scheinbar war er derzeit der einzige Besucher in der Kirche und wie den Wanderer aus dem dunklen Wald in lichte Höhen, so zog es auch Zürn auf einmal mit aller Macht nach oben auf die Empore. Gespannt, fast auf Zehenspitzen, schlich sich der pensionierte Kommissar wie ein Kirchendieb am Altar vorbei und stieg hinter dem schmalen Durchlass die hölzerne Treppe hinauf. Die trockenen Dielen knarzten verräterisch, als er die Empore betrat. Hier oben, weit weg vom Eingangsportal, war es einen Ton stiller als unten zwischen den Bänken, wo noch ab und zu ein gedämpftes Alltagsgeräusch von draußen zu hören gewesen war. Auf der schmalen Orgelbank lag ein aufgeschlagenes Notenheft von Max Reger, übrigens ein Franke, 1873 in dem kleinen Ort Brand in der Oberpfalz geboren und 1961 in Leipzig verstorben, wie Zürn später nachlas. Fantasie über den Choral „Halleluja Gott zu loben bleibe meine Seelenfreud", stand über der Partitur. Zürn sah an der Orgel hoch, deren Front aus glänzenden Pfeifen bis unter die gewölbte Kirchendecke reichte. Das eine oder andere Mal hatte er während seiner Schulzeit an einem Gottesdienst teilgenommen, vor allem während der Vorbereitung zur Konfirmation. Die meisten Lieder und Texte aus jener Zeit hatte er vergessen, aber die mächtige Klangfülle der heimatlichen Kirchenorgel war ihm noch in Erinnerung. Jedes Mal wieder, wenn nach einer leise flüsternden Schweigeminute plötzlich der erste Ton über die versammelte Gemeinde hinwegbrauste, war er zusammengezuckt. Zuerst ein abgrundtiefer Bass, bebend, als käme er direkt aus der Unterwelt, dann anschwellend, immer heller werdend, aufsteigend in jubilierende Höhen bis hoch vor die Himmelspforte und dann wieder glockenklar herabrieselnd wie Schneeflocken in einer Winternacht. Das hatte ihn schon damals fasziniert; wie der Organist auf seiner schmalen Bank hin und her fegte und mit Händen und Füßen diesem haushohen Apparat aus lauter silberglänzenden Orgelpfeifen derart gewaltige Töne entlockte, die das Kirchenschiff zum Beben brachten. Davor gestanden, so nah, dass er mit der Hand über eine der Pfeifen hätte streichen können, hatte er freilich noch nie.

Zürn machte einen Schritt nach vorn und stützte sich auf die Brüstung. Sein Blick ging durch die Bankreihen unter ihm. In seiner Vorstellung waren sie gerade bis auf den letzten Platz besetzt und er meinte sogar das Rascheln der Seiten aus den Gesangsbüchern zu hören, wenn die Gemeinde zum nächsten Psalm umblätterte. Fabelhaft, wie gut ihm die Ruhe hier oben tat. Wie zum ersten Mal allein auf einem stillen Gipfel.

Aber plötzlich war da noch ein anderer Ton, der eine weniger angenehme Empfindung in ihm weckte. Ein leises Summen, dazu ein unrundes Quietschen wie bei einer schlecht geölten Radnabe. Zürn sah zur Tür. Von der Sonne hinter seinem Rücken in ein magisches Zwielicht gehüllt, schob sich Günther Geist im Rollstuhl durch das Eingangsportal und hielt direkt neben der Ablage mit den Kirchenprospekten. Erschrocken trat Zürn zurück. Geist! An den vernebelten Gerichtsmediziner hatte er nun gar nicht mehr gedacht. Was machte der hier, in aller Frühe? Nahte seine letzte Stunde, wollte er Buße tun, etwa um Vergebung bitten für die zahllosen armen Seelen, denen er auf seiner „Hebebühne" ihr Innerstes nach außen gewendet hatte?

Das Quietschen kam näher und verstummte abrupt. Vorsichtig warf Zürn einen Blick über die Brüstung. Geist stand genau unter ihm und kramte etwas aus der Decke über seinen Knien hervor. Es gab einen kurzen, klirrenden Ton, als er sich aus dem Rollstuhl lehnte und den Gegenstand auf der untersten Altarstufe abstellte. Wie ein Kaffeelöffel, der zu Boden fiel. Was es war, konnte Zürn nicht erkennen, obwohl er ihm dabei buchstäblich auf die Finger schaute. Dann starrte Geist noch einen Augenblick mit den Händen im Schoß vor sich hin. Es sah tatsächlich aus, als würde er beten, was Zürn sich jedoch nur schwer vorstellen konnte. Eher hatte ihn die Anstrengung erschöpft, oder er war einfach noch benommen von seiner andauernden Qualmerei. Minutenlang harrte er in dieser Haltung aus. Zürn befürchtete schon, er wäre eingeschlafen. Endlich gab Geist ein Lebenszeichen von sich, drehte sein Gefährt auf der Stelle und düste mit hoch surrendem Motor zwischen den Bankreihen dem Ausgang zu, als wäre der Teufel hinter ihm her. Im Nu war er durch das Portal entschwunden und Zürn konnte nichts anderes tun, als ihm verwundert hinterher zu schauen.

Was war das für eine Aktion, die eher an eine geheime Mission erinnerte als an einen Bußgang? Aber natürlich! Die Truhe mit den vergrabenen Kirchenschätzen! Zürn schlug sich mit der flachen Hand vor die Stirn. Mein Gott, warum bin ich nicht gleich darauf gekommen? Das lag doch auf der Hand. Zum Beten und Büßen trieb es Geist wohl kaum in eine Kirche.

Hastig schnappte Zürn seinen Rucksack und eilte die steile Treppe hinunter. Beinahe wäre er auf der letzten Stufe gestolpert, weil sich der sperrige Rucksack in dem engen Durchlass verhakte. Gerade noch, dass er einen verwackelten Sprung zum Altar hin zustande brachte, bevor es ihn der Länge nach umwarf. Jetzt schlug es auch noch elf vom Kirchturm, jeden Moment konnten die ersten Besucher auftauchen. Zürn suchte den Boden ab. Nirgendwo ein Leuchter, eine Kanne, irgendein liturgisches Utensil aus der blauen Truhe. Nichts. Verblüfft schritt Zürn die beiden langen Stufen zum Altarraum auf und ab. Sie blieben leer. Aber Geist hatte doch etwas dort abgestellt, das hatte er doch genau beobachtet!

Vom Eingang her näherten sich Stimmen. Eine geführte Besuchergruppe betrat die Kirche und sammelte sich flüsternd im Vorraum, immer mehr Mitglieder dieser Exkursion drängten nach und standen sich gegenseitig im Weg. Die Stimmen wurden lauter. Zürn gab auf und schulterte seinen Rucksack. Unbeachtet von der aufgeregten Gruppe gelangte er ins Freie.

Wo steckte Geist? Zu einer Seite, Richtung Schnepfenburg und Haunscher Hof, fiel der weite Kirchplatz leicht bergab und das holprige Pflaster war für einen schnellen Rückzug im Rollstuhl denkbar ungeeignet. Zudem ging es dort nur über Treppen weiter, hinunter zur Promenade am See. Kurz entschlossen lief Zürn stadteinwärts bis zur Ratsstraße. Rechts ging es um ein paar Ecken zum Marktplatz und links sah er jetzt Geist, der im Rollstuhl vor einem Schaufenster stand. Anscheinend musste er wegen der Steigung eine Pause einlegen, oder er nahm ein paar Züge. Das war von hier aus nicht zu sehen. Nur der wagenradgroße geflochtene Hut ragte über die hohe Lehne seines Rollstuhls wie ein Heiligenschein. Einen Moment lang überlegte Zürn, ob er ihn ansprechen sollte. Aber warum? Um ihn zu fragen was er in der Kirche gemacht hatte? Unsinn. Vielleicht wollte Geist ja tatsächlich beten, oder war sonst wie auf der Suche nach innerer Einkehr. Das konnte ihm schließlich niemand absprechen, schon gar nicht in seiner unglücklichen Lage. Jetzt fuhr er weiter und bog oben an der Kreuzung nach links. Zürn kramte seinen Stadtführer hervor, und schlug den faltbaren Stadtplan auf. Hier, mit einem roten Tupfer markiert, St. Simplicius, zentral, mitten in der Stadt und keine fünfhundert Meter davon entfernt der nächste Tupfer, die katholische Pfarrkirche St. Andreas. Zürns Puls beschleunigte sich. Wie es aussah, war Geist gerade in die Andreasstraße abgebogen! Wie war das doch gleich, ein Kommissar ist immer im Dienst, selbst im Ruhestand? Na gut, eigentlich war er zu seiner Erholung hier und nach kriminalistischen Ausflügen in fremder Umgebung stand ihm nun wirklich nicht der Sinn. Aber interessieren tat ihn die Geheimniskrämerei um die Heiligtümer in der blauen Truhe schon, zumal er von vornherein das Gefühl hatte, dass es dabei um mehr als nur eine einfache Fundsache ging. Und auf Geists Rolle in diesem Stück war er besonders gespannt. Es war kaum anzunehmen, dass der schwerkranke Gerichtsmediziner zunächst einen Kirchenbesuch machte und anschließend eine beschauliche Rundfahrt durch die Bad Salzunger Altstadt unternahm. Schon gar nicht um die Mittagszeit, noch dazu bei dieser Affenhitze.

Zürn zog seinen dünnen Blouson aus, stopfte ihn in den Rucksack und folgte Geist in einigem Abstand. Die Sonne stand steil am Himmel. Es ging leicht bergauf, sein Hemd klebte ihm am Rücken und der Rucksack wurde mit jedem Schritt lästiger. Verschwitzt und mittlerweile auch ausgetrocknet gedachte Zürn der vergangenen Mußestunde auf der Empore von St. Simplicius. Wäre Geist nicht plötzlich aufgetaucht, säße er vermutlich jetzt noch dort oben und würde die Orgelpfeifen zählen. Und wie herrlich kühl es in dem stillen Gotteshaus war! Ein Getränkelaster hielt einige Meter entfernt am Straßenrand und nahm ihm die Sicht. Er beschleunigte seine Schritte. Als er auf gleicher Höhe mit dem Laster war, konnte er gerade noch sehen, wie Geist den gepflasterten Weg zu St. Andreas hinaufruckelte und ohne seinen Strohhut abzunehmen über eine Rampe in der offenen Kirchentür verschwand. Zugleich fiel Zürn ein, dass es ja auch in seiner Heimatgemeinde Karlstadt eine St. Andreas Kirche gab. Ebenfalls römisch-katholisch und auch dort thronte die Orgel über einer Empore, die er jedoch noch nie betreten hatte, zumal sie sich von allen Seiten gut einsehbar im hellsten Teil des Westflügels befand. So für sich allein und unbemerkt wie in St. Simplicius wäre er dort kaum geblieben.

Leicht außer Atem erreichte Zürn den Aufgang zu St. Andreas, in einem kleinen Park, unweit einer lebhaften Kreuzung mit Kreisverkehr gelegen. Von der Straße aus gesehen wirkte die katholische Pfarrkirche eher wie ein Anwesen aus jüngerer Zeit. Vielleicht aus dem Anfang des 19. Jahrhunderts. Unter dem hohen, schmucklos spitzen Giebel duckte sich ein schön gegliederter Säulengang. Alles sehr gerade, fast sachlich. Nur der hohe Glockenturm mit seiner gewölbten schiefergedeckten Haube erinnerte Zürn an die barocken Dorfkirchen zu Hause im fränkischen Umland.

Langsam schritt er den gepflasterten Weg hinauf und näherte sich der offenstehenden Tür. Zwei Stufen führten zu dem zweiflügligen Eingangsportal unter den Säulen, links befand sich eine provisorisch angebrachte hölzerne Rampe für Rollstuhlfahrer. Ein Türflügel am Portal stand offen. Vorsichtig trat Zürn näher und warf einen Blick in das dämmrige Kirchenschiff. Vor dem Altar brannte eine Reihe von verschieden großen Kerzen und es roch tatsächlich ein wenig nach Weihrauch. Von Geist keine Spur. Stand der vielleicht ins Gebet versunken irgendwo da vorn, im Halbdunkel neben den Bankreihen? Zürn zögerte. Aber dann hätte er zumindest den hellen Strohhut erkennen müssen. Mit wenigen, leisen Schritten schlich er sich ins Innere und blieb hinter einer der beiden mächtigen Säulen unter der Empore stehen. Ein altes Paar betrat die Kirche, verharrte eine schweigende Minute unter der Empore und tippelte dann gebeugt, Arm in Arm, nach vorn zum Altar. Geist war nicht zu sehen, er musste sich irgendwo versteckt haben. Die beiden nahmen in der ersten Bankreihe Platz und rückten zusammen. Zürn sah nur noch ihre gesenkten Köpfe.

So schlicht und geordnet der Kirchenbau von außen auch wirkte, hier im Inneren herrschte reinster Barock. Schwingende Formen, Giebel und Fenster ornamental umrahmt, der Altar von goldenen Säulen gestützt, Fresken, Statuen, an den Wänden weiße Medaillons mit den Köpfen der zwölf Apostel; ein einziger Farbenrausch. Zürn war beeindruckt. Eigentlich sah es fast genauso aus wie in der Klosterkirche Münsterschwarzach bei Kitzingen, die er noch von einer Weinwanderung in Erinnerung hatte. Wie er später in seinem Stadtführer nachlas, stammte tatsächlich fast die gesamte Einrichtung aus fränkischen Klöstern und Kirchen.

Nur der Gerichtsmediziner Günther Geist fehlte noch in dieser Bestandsaufnahme. Nirgendwo in all der Pracht und Bilderfülle ein Lebenszeichen von ihm. Dafür hörte Zürn jetzt eine Tür schlagen. Langsam schob er sich an der Wand entlang zur Ecke und blickte aus dem Dunkel unter der Empore über die Bankreihen hinweg nach vorn. Die Sonne brachte die hohen Kirchenfenster zum Leuchten und auch der Altarraum war bis in den hintersten Winkel in helles Licht getaucht. Links wie rechts konnte Zürn schmale Türen erkennen. Eine davon schien nur angelehnt zu sein. Dass Geist dahinter verschwunden sein könnte, war unwahrscheinlich, schon wegen der Stufen, und eine Rampe gab es hier vorne nicht. Zürn war jetzt auf Höhe der Kanzel, die genau ihm gegenüber auf der anderen Seite an einem Pfeiler hing, und da war es auf einmal wieder; dieses unrunde, eiernde Quietschen der Räder von Geists elektrischem Rollstuhl. Wie an unsichtbaren Fäden hängend schwebte der helle Strohhut über den Bänken um die Ecke bis vor den Altar und bog in den Gang zwischen den Kirchenbänken. Zürn duckte sich, aber Geist hatte ihn nicht bemerkt. Er lag schräg im Stuhl, das Gesicht verborgen unter dem kreisrunden Strohhut, gerade dass er noch einigermaßen vorausblicken konnte und summte nun mit erhöhter Drehzahl dem Ausgang zu. Nur einen Augenblick später hörte Zürn ihn schon über die Rampe poltern. Wieder dasselbe Spiel wie vorhin in St. Simplicius, wieder hatte Geist es auf einmal eilig, aus der Kirche zu kommen. Zürn richtete sich auf und ging nach vorn. Aufmerksam blickte er die beiden Stufen zum Altarraum entlang. Es war nichts zu sehen. Nichts, was hier gerade abgestellt worden wäre, kein einziges Stück aus der Truhe. Das alte Paar hockte noch immer still versunken in der ersten Reihe und nahm keinerlei Notiz von ihm. Als säßen sie schon seit Urzeiten hier. Zürn näherte sich der angelehnten Tür. Der Weihrauchgeruch war hier viel intensiver als unten im Kirchenschiff und biss ihm in der Nase. Ihn überkam ein heftiger Niesreiz, den er trotz aller Anstrengung nicht unterdrücken konnte. Mehrmals hintereinander, so laut, dass es von den Wänden widerhallte, prustete er los und schüttelte sich dabei wie ein Schwarzbär am Bienenstock. Die Nase lief, die Augen tränten. Während er halb blind in seinem Rucksack nach einem Taschentuch wühlte, ging die Tür vor ihm ein Stück weit auf. Zürn wischte sich über die Augen, konnte im Dunkel dahinter jedoch nichts erkennen. Nach kurzem Zögern wurde die Tür mit einem Knall wieder zugeschlagen und er hörte, wie sich der Schlüssel im Schloss drehte. Zürn bemühte sich erst gar nicht nachzuschauen, ob die Tür tatsächlich verschlossen war, sondern machte kehrt und eilte zum Ausgang. Die beiden Alten in der ersten Bankreihe blickten still auf ihre gefalteten Hände.

Zürn trat ins Freie. Der jähe Übergang aus dem Dämmer des Kirchenschiffs ins grelle Tageslicht ließ ihn für einen Moment die Augen schließen und als er sie wieder öffnete, hätte er sie am liebsten gleich wieder geschlossen. Unten, im Aufgang zu St. Andreas, stand ein Polizeiwagen mit geöffneten Türen. In jeder Tür lehnte ein uniformierter Beamter und beide blickten sie aufmerksam zu ihm hoch, wie die Gemeinde zum Priester auf der Kanzel. Als warteten sie darauf, dass er herabschwebte. Geist war nirgends zu sehen. Seitwärts führte der Weg zur Rückseite des Kirchenbaus und weiter durch den Park bis hinunter zur Straße. Während Zürn noch darüber nachdachte, was ihn eigentlich daran hindern könnte, einfach diesen Weg zu gehen, statt den Polizisten direkt in die Arme zu laufen, hörte er wieder dieses vertraute Quietschen. Im gleichen Moment kurvte Geist um die Ecke, erspähte unter seinem Strohhut den Streifenwagen und machte sinngemäß auf dem Absatz wieder kehrt. Der Rollstuhl kippelte ein wenig zur Seite und blieb mit einem der schmalen Vorderräder in einem Spalt zwischen zwei Pflastersteinen hängen. Geist versuchte zu rangieren, der Elektroantrieb surrte wie eine wütend gewordene Hornisse, schaffte es aber nicht, den Rollstuhl wieder flottzubekommen. Panisch drehte Geist an den Antriebsrädern. Dabei verrutschte die Decke auf seinen Knien und ein schwerer silberner Kelch fiel heraus, schlug mit einem silberhellen Klang auf und rollte ein Stück übers Pflaster.

Die Polizisten knallten die Autotüren zu und kamen den Weg herauf. Zürn handelte instinktiv. Das mit dem Kelch wäre vielleicht noch irgendwie zu erklären gewesen, aber dabei zuzuschauen, wie die Polizisten den hilflosen Geist womöglich einer Drogenkontrolle unterzogen, war ihm zuwider. Das musste er verhindern.

Ohne zu zögern sprang Zürn die Stufen hinunter, bückte sich nach dem Kelch und warf ihn Geist zurück in den Schoß. Mit einem Ruck hob er den Rollstuhl an, stellte ihn wieder gerade, und ohne auch nur einmal den Kopf zu heben, schoss Geist sogleich los und verschwand hinter dem runden Anbau. Sein Strohhut war ihm bei dem Durcheinander über die Augen gerutscht, und Zürn war sich nicht sicher, ob Geist ihn überhaupt wahrgenommen, geschweige denn erkannt hatte.

Die Polizisten kamen näher. Noch etwas außer Atem von seinem beherzten Einsatz sah Zürn ihnen entgegen. Der Jüngere schob seine Mütze aus der Stirn und schaute Geist nach, der durch die Parkanlage abwärts zur Straße sauste, als wäre der Leibhaftige hinter ihm her.

„Einen schönen guten Tag. Das ging ja gerade nochmal gut. Kannten Sie den Herrn im Rollstuhl?"

Zürn war sich nicht sicher, was er darauf antworten sollte. Kannte er ihn, musste er ihn kennen? Zudem befand er sich in ungewohnter Position. Er konnte sich nicht daran erinnern, jemals einem Polizisten Auskunft erteilt zu haben. Bisher war in der Regel immer er es gewesen, der die Fragen stellte.

„Wieso?"

„Reine Routine. Könnten wir bitte Ihren Ausweis sehen?"

„Warum denn das?"

„Immer noch reine Routine. Also was ist? Können Sie sich ausweisen?"

„Jetzt mach mal langsam", fuhr der Andere dazwischen und lüftete kurz seine Mütze. Er war deutlich älter als sein Kollege und die Hitze machte ihm sichtlich zu schaffen, obwohl er im Schatten der beiden hohen Eschen am Eingang zu St. Andreas stand.

„Immer mit der Ruhe. Der Tag ist noch lang. Sie sind doch nicht von hier. Oder täusche ich mich da?"

Ein Blick aus der Nähe hatte genügt. Noch immer gab es diese Chiffren zwischen hüben und drüben, die zwei Seelen in einer Brust, „die sich voneinander trennen", um es einmal mit Goethe zu sagen. Wie eine geheime Zeichensprache. Vielleicht waren es auch nur die Klamotten, dachte Zürn, der sich vor seiner Abreise eine weite Leinenhose in Knitteroptik zugelegt hatte, in der er sich noch nicht so richtig zu Hause fühlte.

„Nein, Sie täuschen sich nicht. Ich bin tatsächlich zur Kur hier. Begrüßen Sie Ihre Gäste eigentlich immer so freundlich?", antwortete er mit einem abschätzigen Blick auf den Jüngeren und kramte seine Brieftasche aus dem Rucksack. Er wusste nicht mehr, ob er überhaupt einen Ausweis dabeihatte. Verärgert klappte er die Brieftasche auf. Führerschein, alte Bonushefte, die er schon lange einmal entsorgen wollte, ein Foto seiner Schwester, Kreditkarte, jede Menge loser Zettel. Alles, außer einem gültigen Personalausweis, den er in den letzten Jahren, soweit er denken konnte, auch bisher nie gebraucht hatte. Wahrscheinlich lag er zu Hause in der Schreibtischschublade und wartete dort noch immer auf seinen ersten Einsatz. Aufmerksam sahen ihm die beiden dabei zu, wie er in der Brieftasche nach dem gottverdammten Ausweis suchte und dabei immer kribbeliger wurde.

„Verstehe ich nicht", brummte Zürn vor sich hin. „Eigentlich müsste er doch ... aha, da ist er ja!"

Was Zürn jetzt hervorzog, war zwar ein Ausweis und trug auch sein Bild, aber von Form und Aufmachung her war dies nicht die bürgerliche Version, nach der die Polizisten verlangt hatten. Im ersten Moment dachte er, es wäre sein alter Dienstausweis, aber den hatte er ja zusammen mit Dienstmarke und Pistole vor über einem Jahr abgegeben. Feierlich und mit einiger Überwindung wie er sich erinnerte. An dieses exklusive Überbleibsel seiner Dienstzeit hatte er allerdings wirklich nicht mehr gedacht. Selbst überrascht von dem unerwarteten Fund zog Zürn die eingeschweißte Karte mit seinem Foto darauf hervor.

„Ich hoffe, das genügt Ihnen. Was anderes habe ich leider nicht dabei."

Verblüfft drehte der Ältere das Dokument in den Händen.

„Was ist denn das? Ein Ruhestandsausweis. Habe ich ja noch nie gehört. Hauptkommissar Arno Zürn. Scheint tatsächlich echt zu sein. Amtlich sozusagen. Ein leibhaftiger Hauptkommissar! Ich glaub es nicht!"

„Dann wären Sie ja ein Kollege, wenn ich das rich-

tig sehe?", fragte sein Partner nach einem misstrauischen Blick auf das eher unscheinbare Dokument, das zunächst ein wenig aussah wie selbstgefertigt.
„Das sehen Sie richtig", antwortete Zürn.

Beeindruckt reichte der Ältere Zürn den Ausweis zurück.
„Unglaublich! Gibt es das nur bei euch in Bayern?"
„Weiß ich nicht so genau." Erleichtert schob Zürn seinen Ruhestandsausweis wieder zurück in die Brieftasche. Diesmal jedoch in das vorderste Fach, mit Sichtfenster. „Ich glaube, in Rheinland-Pfalz haben sie auch welche. Bin mir aber nicht sicher."

Hauptkommissar im Ruhestand. Mit Dienstausweis! Zürn fühlte sich wie in alten Zeiten. Der ältere Polizist stützte sich an dem Geländer neben ihm ab und wedelte sich mit der Mütze über das Gesicht.
„Da haben Sie sich aber das richtige Wetter für eine Kur ausgesucht, Herr Kommissar. So einen Sommer hatten wir schon lange nicht mehr. Diese elende Hitze macht einen fertig. Wer will denn da ins Solebad? Keine zehn Pferde brächten mich jetzt da rein. Ich weiß nur, dass ich am Wochenende wieder in meinem Garten sitze. Unterm Sonnenschirm natürlich und vor allen Dingen ziemlich nah am Kühlschrank", zwinkerte er Zürn zu und wischte sich mit dem Ärmel über die Stirn.

Zürn hütete sich, den alten Hasen hinter seinen gemütlich gestreuten Nebelkerzen zu unterschätzen. Das musste sein forscher Partner erst noch lernen; wie man sich verdeckt an sein Gegenüber herantastet, statt gleich mit der Tür ins Haus zu fallen. Auch jetzt drängte er sich wieder vor.

„Trotzdem würde mich interessieren: Gerade eben, der Mann im Rollstuhl, kannten Sie ihn?"

Dabei legte er den Kopf schief und trommelte mit den Fingern der rechten Hand ungeduldig auf die lederne Pistolentasche an seiner Seite. Zürn ließ sich Zeit und antwortete mit einer Floskel, wie er sie in tausend Vernehmungen immer wieder gehört hatte.

„Ich bin mir nicht sicher. Vielleicht habe ich ihn schon mal irgendwo gesehen."

„Und warum haben Sie ihm dann geholfen?"

„Na, das ist ja mal eine originelle Frage! Das gehört sich doch wohl so. Was hätten Sie denn gemacht? Ihm zugesehen, wie er sich abrackert, bis er womöglich mit seinem Rollstuhl umgekippt wäre?"

Der Streber gab darauf keine Antwort, sondern ging schneidig zur nächsten Frage über.

„Und dieser Gegenstand, den Sie da aufgehoben haben. Was war das?"

„Das weiß ich nicht. Ich habe nicht so genau hingeschaut. Eine Thermoskanne vielleicht, irgendwas zu trinken. Ist ja bei dieser Hitze nichts Ungewöhnliches. Oder? Hören Sie, junger Mann. Was wollen

Sie überhaupt von dem armen Kerl, der hat es doch wirklich schon schwer genug."

Argwöhnisch blickte der furchtlose Beamte an Zürn vorbei zum Kircheneingang. Kein einziger Schweißtropfen perlte auf seiner glatten Stirn. Dafür roch er wie ein Türsteher, nach einem dieser maskulin aufdringlichen Deos, die angeblich besonders anziehend wirken sollten. Auf Frauen natürlich. Auf Zürn nicht. Ausgebremst trommelte er weiter auf seine Pistolentasche.

„Ist da noch jemand drin?"

Zürn wurde es langsam zu viel. Zu seiner Zeit hätte er den Grünschnabel einfach stehen lassen. Es war bereits Mittagszeit vorbei, er hatte Hunger, obendrein einen höllischen Durst und er musste nachdenken. Und zwar in aller Ruhe und ohne Polizei-Eskorte. Unten, am Rand des kleinen Parks, an der Auffahrt zu den Hintergebäuden von St. Andreas, sah er wie Linus Geist gerade mitsamt dem Rollstuhl in den Ford hievte und die Heckklappe zuschlug. Sekunden später klapperte er schon durch den Kreisverkehr und verschwand Richtung Innenstadt.

„Da müssen Sie schon selber nachschauen. Warum sind Sie eigentlich hier? Hat man Sie gerufen?"

Die beiden sahen sich kurz an.

„Na ja", übernahm der Ältere wieder, „sagen wir

mal so. Irgendwer macht eine Beobachtung, denkt sich, halt, da geht doch was nicht mit rechten Dingen zu und greift zum Telefon. Schon sitzen wir im Auto und düsen los. So läuft es jeden Tag. Meistens für nix. Das kennen Sie doch bestimmt noch aus Ihrer Dienstzeit."

Was der Andere an zappeliger Unruhe herstellte, glich dieser mit seinen umständlichen Redensarten wieder aus. Wirklich filmreif, die zwei.
„Also anonym, wollen Sie damit sagen."
„Richtig. Den Namen geben diese Genossen selten an. Es sei denn, es winkt eine Belohnung. In diesem Fall war es wohl wieder einmal ein falscher Alarm. Macht nichts. Auch dieser Tag geht vorbei. Übrigens, wo finden wir Sie hier in Bad Salzungen, falls noch was ist, wo sind Sie untergebracht?"

Das war jetzt genau die Frage, die Zürn schon befürchtet hatte. Die alte Villa oben im Park und gleich nebenan, nur einen Steinwurf entfernt, das Häuschen von Günther Geist, dem Mann im Rollstuhl. Ihm blieb nichts anderes übrig, als damit herauszurücken, auch wenn er befürchten musste, nun doch mit Geist in Verbindung gebracht zu werden.
„Die Pension heißt ‚Werra Blick'. Liegt ein bisschen außerhalb."
„Ach oben, bei Charlie!"
„Ja, bei Frau von Lößnitz", antwortete Zürn über-

rascht. „Sie kennen sie?"

Dem jungen Kollegen dauerte das alles zu lang. Gemütvolle Befragungen waren nicht sein Ding. Ungeduldig rückte er sein Koppel zurecht und betrat die erste Stufe zum Portal von St. Andreas.

„Mach du mal weiter. Ich will mich da drin inzwischen mal umsehen."

„Nimm deine Mütze ab, bevor du die Kirche betrittst", rief ihm der Ältere nach und drehte sich zu Zürn.

„Seit er den Lehrgang für den gehobenen Dienst macht, hat er diesen Drang nach vorn. Manchmal geht er mir echt auf die Nerven. Das lief bei uns noch ein bisschen anders ab. Heute gucken die Jungs diese amerikanischen Detektiv-Filme und haben daheim ihre Dienstwaffe unterm Kissen liegen. Immer auf Sendung. Sind halt andere Zeiten. Na klar kenne ich Charlie! Noch aus der Schule. Sie war überall dabei, immer ganz vorn und immer im Mittelpunkt. Dann hat sie auch noch Fußball gespielt, in einer Band gesungen und das Theater neu aufgebaut. Klasse! Die konnte man einfach nicht übersehen. Und natürlich waren alle Jungs hinter ihr her wie die Wölfe, jeder aus unserer Clique war scharf auf sie. Aber auch in der Beziehung wusste sie schon damals genau, was sie wollte."

Hier machte er eine bedeutungsvolle Pause, stützte

eine Hand in die Hüfte und blickte in die Baumkronen über ihm. Urplötzlich verwandelte sich der im Dienst ergraute Beamte in einen verträumten Jüngling und Zürn wäre nicht verwundert gewesen, wenn er jetzt angefangen hätte, irgendetwas aus Romeo und Julia vorzutragen: Oh, dein Trank wirkt schnell, und so im Kusse sterbe ich. Aber es kam anders.

„Mensch, was haben wir damals da oben gesoffen! Leute, Leute. Schön versteckt, in der kleinen Bruchbude am Ende des Parks, weit genug weg vom Haupthaus und vor allen Dingen weit genug weg von zu Hause, wo einem ständig wer auf die Finger geschaut hat. Fast jedes Wochenende haben wir uns dort getroffen. Was wollte man auch anderes machen, es gab ja nichts. War eine schöne Zeit, auch wenn es manchmal an allem fehlte. Aber der Zusammenhalt war da. Jederzeit. Dann kamen die üblichen Geschichten. Familie, Beruf, das eigene Häuschen, und irgendwann löste sich alles auf und jeder ging seiner Wege. Schade. Eines Tages, Anfang der Neunziger, kam dann Charlie mit diesem Immobilienheini aus dem Westen an und verschwand mit ihm nach Köln. Aus, Ende. Das war's. Kein Kontakt mehr, keiner hat sie mehr gesehen oder wusste irgendwas von ihr. Angeblich machte sie was mit Musik oder so. Das konnte sie ja auch wirklich.

Aber sonst. Funkstille. Dann, vor etwa einem Jahr, könnten auch bald zwei gewesen sein, war sie plötzlich wieder da. Warum weiß kein Mensch. Vielleicht ist sie geschieden, lebt getrennt, was auch immer. Keine Ahnung."

Wieder blickte er bekümmert in die Baumkronen über ihm, als versuchte er sich zu erinnern. Oder zu vergessen. Das war so genau nicht auszumachen.

„In letzter Zeit treffe ich Charlie öfter in der Stadt, wenn sie für ihre Pension einkauft. Manchmal reden wir ein paar Worte miteinander, nichts bestimmtes, belangloses Zeugs. Nie über damals. Sonst lebt sie zurückgezogen und kümmert sich um ihren Kram da oben. Tja, so ist das halt", seufzte er und sah dem Kollegen hinterher, der mit seiner Mütze in der Hand im Inneren der Kirche verschwand.

„Jegliches hat seine Zeit, sangen die Puhdys damals in der Legende von Paul und Paula. Wohl wahr. Schöner Film, und der Song läuft heute noch oft im Radio." Er sagte tatsächlich Song. „Übrigens", er fasste sich wieder, „dann haben Sie bestimmt auch schon Bekanntschaft mit Linus und seinen Figuren gemacht."

Charlie hat also nicht nur Fußball, sondern auch Theater gespielt, und wie es aussah, beherrschte sie diese Kunst heute noch. Selbst im Wasser, wie Zürn hautnah erleben durfte. Er blieb auf der Hut.

„Aber natürlich! Scheint ein außergewöhnlicher Typ zu sein. Etwas eigen. Genau wie seine Skulpturen, obwohl ich die wirklich gut finde. Gerade fällt mir auch ein, wo ich den Mann im Rollstuhl schon einmal gesehen haben könnte. Ich glaube, dieser Linus hat ihn neulich in seinen Bus geladen und ist mit ihm hinunter in die Stadt gefahren. Erkannt habe ich ihn vorhin aber nicht. Der breite Strohhut, dazu die ganze Aufregung mit dem fast gekippten Rollstuhl."

Das musste fürs Erste reichen. Falls Geist ins Spiel kam, konnte er immer noch weitere Zugeständnisse machen und dass er ihn von früher her kennen musste, war ihm so nicht zu unterstellen. Das war tatsächlich einige Jahre her und woher sollte er wissen, dass der ehemalige Gerichtsmediziner jetzt im Rollstuhl sitzt. Auch Geist würde sich hüten, der Polizei Auskunft über ihr plötzliches Wiedersehen in dem verqualmten Atelier zu geben. Erst jetzt entdeckte Zürn auf der Brusttasche des Polizeihemdes ein angestecktes Namensschild. POM H. Stauch hieß der gemütliche Beamte. Also Polizeiobermeister.

„Sagen Sie, Kollege Stauch", begann er hintersinnig. „Dieser anonyme Hinweis. Hatte er etwas mit der Kirche zu tun, oder warum sieht sich ihr Partner gerade darin um? Ein Polizist in der Kirche ist ja eine eher seltene Erscheinung."

Stauch blieb gelassen.

„Vielleicht bittet er um Beistand für seine Karriere. Würde mich nicht wundern. Aber jetzt mal im Ernst. Sie wissen ja selbst wie das ist mit diesen Hinweisen. Wir müssen ihnen nachgehen, auch wenn meistens nichts dabei herauskommt. Diesmal ist es jedoch so, dass es mich selbst interessiert, was dahintersteckt. Und zwar als Privatmann, weniger als Polizist."

„Ich komme nicht ganz mit", antwortete Zürn, dem mittlerweile klar war, dass es sich bei Stauchs Andeutungen um die Geschichte mit der blauen Truhe handeln musste, die sich, soweit er noch eins und eins zusammenzählen konnte, vor seinen Augen gerade in blauen Dunst auflöste. Juristisch gesehen. Stauch machte eine Pause und blickte zum Eingang von St. Andreas.

„Ihnen kann ich es ja sagen, zumal es sich nicht um eine Straftat handelt. Bis jetzt jedenfalls. So was Kurioses hatte ich noch nie."

Er wischte sich wieder mit dem Ärmel über die Stirn.

„Es gibt die seltsamsten Dinge zwischen Himmel und Erde. Wie nennt man das Gegenteil von Diebstahl. Gibt es überhaupt eine Bezeichnung dafür? Ich meine, wenn jemand einem anderen nichts wegnimmt, also stiehlt, sondern heimlich was bringt. Ihn quasi unaufgefordert bereichert. Oder so ähnlich."

Zürn sah ihn fragend an.

„Es ist so", mühte sich Stauch um die passenden Worte. „Vorgestern wurden wir vom Küster der Lutherkirche in Möhra angerufen. Sonst geht es bei solchen Meldungen meistens um aufgebrochene Opferstöcke oder dergleichen. Auch heute noch. Sollte man nicht glauben, ist aber so. Diesmal jedoch nicht."

„Sondern?"

Stauch schien ratlos.

„Wieso bringt einer Gegenstände, die vor Jahren, eher Jahrzehnten, aus dem Fundus einer Kirche gestohlen wurden, jetzt wieder zurück? Und zwar heimlich. In Möhra waren es zum Beispiel drei gerahmte Miniaturen, die gestern Morgen genau wieder an derselben Stelle hingen, wo sie damals, noch vor der Wende, verschwunden sind. Der alte Küster war fix und fertig und hat mir versichert, dass es sich nur um ein Wunder handeln könne und dass er das noch erleben durfte. Lassen wir ihn halt in seinem Glauben. Aber wer hat die Dinger denn nun wirklich da aufgehängt? Noch dazu unbemerkt."

„Vielleicht des Nachts", entgegnete Zürn, dem immer bildhafter wurde, wie die wundersame Wiederkehr der verschwundenen Heiligtümer stattfand. Eigentlich war es ganz einfach. Linus kutschierte seinen Bruder im Geist im Rollstuhl bis unweit zu der jeweiligen Kirche und dieser, die Reliquie unter einer Decke auf seinen Knien versteckt, brachte sie bis vor den Altar und stellte sie dort ab. Dann verschwand er wieder. Genial. Besser ging es nicht. Wer würde schon einen Rollstuhlfahrer bei seiner Andacht stören, geschweige denn ihn kontrollieren wollen. Einige Fragen blieben dennoch. Was geschah, wenn Geist seinen Auftrag erledigt hatte, wie kamen die Sachen dann an ihren alten Platz? Er war ja dazu nicht in der Lage. Und was war mit den Kirchen, die keinen Zugang für Rollstuhlfahrer hatten? Wie gingen die beiden dann vor?

„Nachts kann das nicht gewesen sein", erwiderte Stauch. „Alle Kirchen der Gemeinde werden schon seit Jahren ab zwanzig Uhr verschlossen. Es muss also tagsüber passieren. Trotzdem verstehe ich die ganze Geschichte nicht. Da muss es doch einen geben, den das schlechte Gewissen plagt, weil er damals die Dinger warum auch immer einfach mitgenommen hat, und jetzt macht er diese heimlichen Rückgaben. Oder man ist ihm auf die Schliche gekommen und er will das Zeug loswerden. Obwohl, Täter, oder besser derjenige, der die Sachen seinerzeit aus der Kirche entfernt hat, und der, der sie heute wieder zurückbringt, müssen ja nicht identisch sein. Das ist doch schon mindestens über dreißig Jahre her und obendrein ist die ganze Geschichte längst verjährt. Er könnte das heilige Zeugs doch genauso gut auch einfach irgendwo abstellen und dann den Pfarrer informieren, oder uns anrufen. Anonym natürlich. Warum macht er sich diese Mühe? Das ist wirklich verrückt. Was soll man dazu sagen?"

Auch für Zürn war das Motiv zunächst unklar. Das musste er erst noch auseinander dröseln. Seine Beobachtungen der letzten Stunden behielt er natürlich für sich. Diebstahl und jetzt späte Reue kamen eigentlich nicht in Frage. Warum sollte Linus die Sachen seinerzeit gestohlen haben und sie nun wieder zurückbringen, noch dazu auf diesem Weg? Störung der Kirchenruhe? Quatsch. Linus und Geist stellten sie ja gewissermaßen wieder her, indem sie die Gegenstände zurück an ihren alten Platz brachten. Wer die Reliquien damals verschwinden ließ, wollte sie anscheinend gar nicht stehlen, sondern womöglich nur in Sicherheit bringen, sie verwahren, sie vor einem Zugriff schützen. Das ergäbe einen Sinn, das wäre eine Erklärung. Und dass sie nun, nach einer Ewigkeit plötzlich wieder auftauchten, würde zweifellos für Aufregung sorgen. Gut möglich, dass bei der Erinnerung an diese Zeit alte Gräben wieder aufbrachen, längst verdrängte Fragen wieder hochkamen und Linus plötzlich im

Mittelpunkt der Affäre stand. Davor fürchtete er sich zu Recht. Mit seinem störrischen Gemüt wäre er für eine solche Auseinandersetzung auch nicht geeignet. Besser er brachte die Kirchenschätze in aller Heimlichkeit wieder zurück und sah aus sicherer Entfernung dabei zu, wie andere sich den Kopf darüber zerbrachen. Fest stand bis jetzt nur, dass er die Truhe gezielt im Morgengrauen ausgegraben hat, also von ihr wusste und nun bemüht war, mit Unterstützung des gelähmten Gerichtsmediziners Geist die Angelegenheit in Ordnung zu bringen. Soweit es eben gelang. Warum er dabei so ins Detail ging und zum Beispiel die Miniaturen in der Möhraer Kirche wieder an alter Stelle platzierte, statt sie einfach irgendwo gut sichtbar abzulegen, blieb allerdings rätselhaft. Auch der Zeitpunkt für diese Mission war nicht der allerglücklichste. Ausgerechnet jetzt, wo in seinem Leben durch Charlies Rückkehr ohnehin gerade alles drunter und drüber ging. Aber das war ja nicht seine Schuld. Wahrscheinlich lägen die Heiligtümer noch heute vergraben neben dem Hühnerstall, wenn sich der Schreiner nicht angemeldet hätte.

Stauch schwieg. Auch Zürn geriet ins Grübeln.

„Und hier, in St. Andreas. Hat Sie hier auch der Küster angerufen?"

Geistesabwesend sah Stauch zum Eingang.

„Wie? Ach so. Nein, wir sind einfach nur auf Verdacht eine Runde gefahren. Der Anonymus hat keine bestimmte Kirche genannt."

„Was wollte er denn dann?"

„Eigentlich darf ich Ihnen darüber keine Auskunft geben, aber ich sehe keinen Grund, warum ich das nicht tun sollte. Bis jetzt ist es ja eher eine Denksportaufgabe und wenn Ihnen etwas dazu einfällt, würde ich Sie auch nicht daran hindern wollen, es zu sagen. Er, also der Anrufer, schwadronierte irgendwas von ehemaligen Staatsfeinden, deren Schandtaten jetzt ans Licht kämen und dergleichen komisches Zeugs. Wir bräuchten bloß die Kirchen im Gemeindegebiet im Auge zu behalten, dann wüssten wir, wer damals den Staat kaputt gemacht hat mit seinen Sabotageakten, dann müsste die ganze Geschichte neu geschrieben werden. Und so weiter. Keine Ahnung, was er damit sagen wollte. Wahrscheinlich ist es wieder einer von denen, die immer noch nicht einsehen wollen, dass sich die Zeiten nun mal geändert haben. Wäre die Meldung über die wieder aufgetauchten Miniaturen in Möhra nicht gewesen, hätten wir den Anruf erst gar nicht ernst genommen. Wir haben auch noch was anderes zu tun, als jedem Blödsinn hinterher zu laufen."

Ich auch, dachte Zürn, der langsam genug hatte. Dass ihn mittlerweile sogar eine stille Komplizenschaft mit den beiden Geheimniskrämern verband, beschäftigte ihn dabei nicht weiter. Das war nicht der Grund; im Gegenteil. So, ohne jede Vorwarnung, einmal plötzlich auf der anderen Seite des Gesetzes zu stehen, bereitete ihm sogar ein heimliches Vergnügen. Ein völlig neuer Blickwinkel. Das hatte er sich bisher nicht vorstellen können. Nie, zu keiner Zeit. Aber die Tage verronnen, seine Abreise rückte näher und er stand hier, stellte Fragen, und beantwortete Fragen, die ihn im Grunde genommen nichts angingen. Als wäre er wieder im Dienst und das alles, wo er doch gerade dabei gewesen war, die schwerelose Kunst des Müßiggangs für sich zu entdecken. Jetzt ohne diese bewölkten Gedanken, die ihm zu Hause schon manchen Tag vermiest hatten, dafür mit einem neugewonnenen frischen Blick für seine Umgebung und obendrein auch noch fast beschwerdefrei. Zwar spürte er ab und zu schon wieder einen leichten Schmerz am Lendenwirbel, aber noch gelang ihm jeder Schritt und selbst die Treppen am Haunschen Hof hatten ihren Schrecken verloren. Wenigstens vorübergehend. Ohne Frage verdankte er diese wundersame Wiederherstellung Linus und der vergrabenen Truhe, aber dafür hatte er sich bereits angemessen revanchiert, wie er fand. Nicht nur beim Heben der schweren Kiste. Immerhin hatte er Geist aus der Patsche geholfen und mit seinem kühnen Sprung zu dem herunter gepurzelten Kelch Schlimmeres verhindert. Natürlich hatte er sofort wieder diesen markanten, süßlichen Dunst in der Nase gespürt, als er den festgefahrenen Rollstuhl anhob. Die Decke über den Knien, die Klamotten, der Strohhut, der ganze Geist dünstete danach. Nicht auszudenken, wenn die Polizisten hinzugekommen wären. Die verräterische Fahne und ein Blick in die Seitentasche des Rollstuhls hätten genügt und Geist wäre in allergrößte Schwierigkeiten geraten. Zunächst der Verdacht auf ein Drogendelikt, anschließend die zwangsläufige Hausdurchsuchung in seinem Anwesen und, wenn es ganz dumm lief, dasselbe auch noch bei Linus im Atelier und in der Pension. Eine Katastrophe für alle!

Zürn sah hinunter zur Straße. Bis jetzt war alles noch einmal gutgegangen. Linus und Geist waren verschwunden, die beiden Polizisten hatten anderes zu tun und die Dinge würden auch ohne ihn ihren Lauf nehmen. Wen interessierte es heute noch, wer einst, vor über dreißig Jahren, den ein oder anderen Kelch aus einer Kirche hatte mitgehen lassen und schon gar nicht warum. Nur der im Dienst ergraute Polizeiobermeister Stauch machte sich Gedanken über jene Zeit in der diese Geschichte anscheinend ihren Anfang genommen hatte und die, wenn Zürn ihn richtig verstand, auch die seine war.

„Da kommt er ja wieder."

Stauch stieß sich vom Geländer ab. Sein Kollege trat aus der Tür und blinzelte ins Tageslicht, noch immer mit der Mütze in der Hand.

„Nicht schlecht. Sieht von außen viel kleiner aus. Und schön kühl ist es da drinnen. Kann man aushalten."

Anscheinend war er schon seit ewigen Zeiten in keiner Kirche mehr gewesen. Warum auch.

„Und?", fragte Stauch.

„Nichts. Vorn in der Bank sitzt ein älteres Paar und rührt sich nicht. Ich dachte schon, sie wären eingeschlafen, aber dann habe ich gehört, wie sie leise irgendwas vor sich hinmurmeln. Sonst alles ruhig."

„Sonst niemand? Hast du mal hinter dem Altar nachgeschaut, oder in der Sakristei?"

„Geht nicht. Die ist abgeschlossen. Auch die Tür auf der anderen Seite."

„Na gut. War ja auch nicht anders zu erwarten. Lass uns mal wieder abhauen. Das bringt hier nichts mehr. Ich muss noch zwei Berichte schreiben und dann ist Feierabend für heute."

Er sah zu Zürn.

„Hat mich echt gefreut, mal mit einem Kollegen von der anderen Seite zu reden. War doch spannend. Oder? Wie lange bleiben Sie denn noch?"

„Bis Sonntag, glaube ich. Muss ich nachschauen."

Stauch blieb gelassen.

„Na gut. Vielleicht sehen wir uns noch mal. Grüßen Sie Charlie von mir, wenn Ihnen das nichts ausmacht. Bis dann!"

Er ging voran. Sein junger Kollege folgte ihm, ohne sich zu verabschieden. Zürn sah zu, wie sie in den Wagen stiegen, dann rückwärts und mit eingeschaltetem Blaulicht in den Kreisverkehr rangierten und mit Schwung davonbrausten. Rückwärts mit Blaulicht in den fließenden Kreisverkehr! Das waren anscheinend hier noch immer gültige Privilegien, das hätten sich die Jungs aus seinem Revier seinerzeit nicht getraut, dachte Zürn und betrat noch einmal die Kirche.

Wieder überraschte ihn diese plötzliche Stille im Inneren, ein einziger Schritt nur und die Welt da draußen blieb zurück. Er verharrte unter der Empore am Eingang und sah nach vorn. Eng zusammengerückt, mit gesenkten Köpfen saß das alte Paar noch immer in der vordersten Bank und zählte die Stunden bis zur Ewigkeit. Das Sonnenlicht aus den hohen Fenstern brachte die barocken Farben und das viele Gold rund um den Altar zum Strahlen. Die marmornen Säulen begannen sich zu drehen, die Engel und Putten tanzten ein seliges Ballett und die schmerzdurchbohrten Heiligenkörper glühten befreit. Große Oper. Man musste nur lange genug hinschauen. Fehlte nur noch das Brausen der Orgel.

Zürn nahm seinen Rucksack ab und setzte sich auf die Ecke der vordersten Bank. Die kühle Stille tat gut, die Gedanken lichteten sich. Ganz anders als zu Hause, in dem alltäglichen Panorama zwischen den eigenen vier Wänden. Für ihn eine neue Erfahrung, aber wer geht schon zum Nachdenken in die Kirche. Die beiden da vorn vielleicht.

Zürn sah nach oben in die blütenweiße kreuzgewölbte Decke über ihm, die sich ohne eine einzige Unebenheit von Punkt zu Punkt spannte. Wie macht man das eigentlich, fragte er sich, in dieser Höhe, buchstäblich zwischen Himmel und Erde. Lagen die Handwerker, die Gipser damals mit dem Rücken auf einer schwebenden Plattform, eine Armlänge unter der Decke und warfen den Gips mit einer Kelle an die Decke, wo er auch brav hängen blieb? Unglaublich. Genauso unglaublich wie die Sache mit den Kirchenschätzen. Erst jetzt wurde Zürn das Kuriose der Situation so richtig bewusst. Was für eine Nummer! Der ehemalige Gerichtsmediziner Geist schleicht sich im Rollstuhl in die Kirche, sein Gesicht unter einem riesigen Strohhut verborgen, bis nahe vor den Altar, wo es für ihn nicht mehr weitergeht. Eine ganze Weile bleibt er so stehen und wartet ab, bis er sich sicher sein kann, nicht beobachtet zu werden. Dann beugt er sich heraus, soweit es ihm eben möglich ist, und streckt den Arm aus, aber nicht um etwas zu stehlen, nein, um etwas abzuliefern. Und zwar keine Almosen, auch nicht eine Kerze als Dank für eine glückliche Wendung in seinem Leben, sondern ein Relikt aus vergangener Zeit. Ein Eigentum, ein Stück aus dem historischen Bestand dieser Kirche, oder wie war es zu bezeichnen? Als ein Fundstück, ein Beutestück ... ja, was denn nun eigentlich? Hier fehlte Zürn der passende Begriff. Und vor allen Dingen, warum? Was für einen Plan verfolgten Linus und Geist bei ihren spirituellen Heimabenden in dem verräucherten Atelier, warum sollten diese Gegenstände unbedingt wieder zurück an ihren alten Platz? Selbst der alte Hase, Polizeiobermeister Stauch, hatte darauf keine passende Antwort gewusst. Zwar verdankte Zürn dessen gefühlvollen Erinnerungen einige interessante Details über die Zeit mit Charlie, aber dass mit dem heiligen „Zeugs", wie Stauch es genannt hatte, blieb weiterhin im Dunkeln.

Letzten Endes ist es auch egal, dachte sich Zürn. Die ganze Kirchengeschichte war schließlich voller Wunder, da kam es auf diese eine abenteuerliche Variante der Abbüßung auch nicht mehr an, Hauptsache die Liturgische Ordnung war wiederhergestellt und alle fanden zu ihrem Seelenheil zurück.

Vorn, in der ersten Reihe, rührte sich etwas. Es

raschelte und scharrte und dann schlurfte das alte Paar, noch steifer und gebückter vom langen Sitzen in andächtiger Demut auf der harten Bank als bei ihrem Eintritt, an ihm vorbei zum Ausgang.

Mittlerweile war es Mittagszeit vorbei. Auch Zürn musste sich erst einmal strecken, als er sich erhob. Dennoch alles kein Vergleich zu vorher, so unbeschwert hatte er sich lange nicht mehr gefühlt. Und dann, bald wieder zu Hause im alten Trott, wie ging es dann weiter? Wie verhinderte, oder zumindest verzögerte er, dass er bald wieder sozusagen am Stock ging? Das war die Frage. Das neue Fahrrad stand im Keller, er musste nur den Akku aufladen und in die Pedale treten und das möglichst jeden Tag, wenn das Wetter es zuließ. Zürn seufzte. Fahrradfahren war einfach nicht so richtig seine Sache, das hatte er bei seiner kurzen Tour in den Retzbacher Biergarten recht schnell feststellen müssen. Da nutzte auch die elektronische Unterstützung nichts. Der harte Sattel, die ungewohnte Haltung, dabei ständig den Blick nach vorn gerichtet. Und dann auch noch dieser Helm! Dann doch lieber eine Polizeimütze wie zu Beginn seiner Ausbildung im Streifendienst. Vielleicht sollte er das teure Rad einfach wieder verkaufen und sich stattdessen einen Hund zulegen. Spaziergänge in freier Natur statt des Gerangels auf dem ewig überfüllten Radweg entlang des Mains. Das wäre doch was. Ein Hund! Wo er noch nicht einmal wusste, wie man einen Hund dazu brachte, nicht jedem Jogger hinterher zu hetzen. Oder sein Cousin Dietrich stellte sich als Übungsobjekt zur Verfügung. Zürn wunderte sich. Seltsam, auf was für Ideen er in letzter Zeit kam. Wahrscheinlich lag es an dieser schweinischen Hitze.

Ächzend schob er sich aus der Bank und tappte nach draußen.

Unter dem niedrigen Säulengang empfing ihn wieder ein backheißer Tag, bei gefühlten Temperaturen knapp am Siedepunkt. Ihm war schon ganz flau im Magen. Zürn kramte seine Sonnenbrille aus dem Rucksack und lief die Andreasstraße auf gleichem Weg zurück und schon nach wenigen Minuten stand er erneut auf dem weiten Kirchplatz. Das Kopfsteinpflaster warf die Mittagshitze zurück, aber wenigstens strich jetzt ein leichter Wind um die Ecken. Hier war nichts, kein Gasthaus, keine Kneipe, nichts, wo er sich hätte hinsetzen können. Sogar das Amtsgericht hatte bereits wieder geschlossen. Was nun?

Zürn warf einen Blick auf die bunte Infotafel vor der Stadtkirche. Heute Markttag, las er im Aushang und verglich das angegebene Datum mit dem auf seiner Armbanduhr. Es passte. Inzwischen einigermaßen ortskundig, lief er die Ratsstraße hinunter, vorbei an einer Bäckerei mit dem schönen Namen Morgenweck, die allerdings schon seit längerem geschlossen hatte wie es aussah, dann rechts ab und erreichte den Rand des Marktplatzes. Trotz der Hitze war erstaunlich viel los. Überall Buden mit bevölkerten Stehtischen davor, etliche Kühlwagen mit aufgeklappter Theke und mittendrin ein großer ältlicher Laster aus ehemaligen Militärbeständen, auf dessen Ladefläche sich Kisten mit Obst und Gemüse stapelten. Zuallererst betrat Zürn jedoch die märchenhafte Buchhandlung an der Ecke und erwarb in der kleinen Antiquariatsabteilung einen gut erhaltenen Band von Christian Ludwig Wucke. „Sagen der mittleren Werra nebst den angrenzenden Abhängen des Thüringer Waldes und der Rhön" lautete der anspruchsvolle Titel. Genau die richtige Lektüre für die Zeit danach, dachte sich Zürn und verstaute den Band in seinem Rucksack. Dann verließ er die Buchhandlung, ohne sich für dieses Mal noch weiter darin umzuschauen. Mit dem Heimatdichter Wucke im Gepäck und in Gedanken noch immer bei Linus, Geist und ihren abenteuerlichen Streifzügen durch die Gotteshäuser der Umgebung, schob er sich durch die Menge. Nach Obst oder Gemüse stand ihm gerade nicht der Sinn. Auch Gewürze, Pfannen und andere Haushaltsutensilien konnte er jetzt nicht gebrauchen. Irgendetwas Herzhaftes musste her. Ganz am Ende der Reihe stieg weißer Rauch aus der Bratwurstbude auf und zog über die Köpfe der Marktbesucher hinweg. Zürn überlegte kurz, spürte jedoch im gleichen Atemzug, wie sein Stoffwechsel bei dem Gedanken an eine Bratwurst rebellierte. Zwischen einem Stand mit regionalen Wurstspezialitäten und einem Korbflechter aus der Rhön entdeckte er schließlich zu seiner Freude den kleinen Wagen der Bäckerei mit den herrlichen Pfannkuchen, diesen „Thüringer Eierplinsen." Fast überkam ihn so etwas wie ein Heimatgefühl, als er sich anstellte und ihm der aromatische Dunst aus den heißen Pfannen in die Nase stieg. Er nahm einen Pfannkuchen, diesmal gefüllt mit Schinken, dazu eine kalte Dose Cidre und stellte sich abseits. Manche Momente passen wie verabredet. Nichts hätte Zürn jetzt gegen diesen getauscht.

Und während er sich glücklich und erlöst in seine Plinse verbiss, sah er auf einmal Charlie vor dem alten Militärlaster stehen und neben ihr Linus, der sich auf eine Sackkarre stützte. Wie immer in grüner Latzhose. Gerade reichte ihm der Händler eine Kiste herunter, während Charlie in ihrer Umhängetasche kramte und dabei eine lebhafte Unterhaltung mit dem Mann auf der Ladefläche führte. Aufmerksam muffelte Zürn weiter und behielt die beiden im

Auge. Der Betrieb vor dem Laster war überschaubar und so war für ihn nicht schwer zu erkennen, dass Charlie selbst in dieser alltäglichen Situation die Szene bühnenreif regierte. Sie trug eine luftige Bluse, dazu Jeans, Sandalen und hatte ihre schwarzen Haare wieder hochgesteckt. Wie neulich in der Küche. Wie alt war sie eigentlich? Zürn tat sich schwer mit seiner Einschätzung. Fünfzig. Sechzig. Irgendwo dazwischen, vermutete er und spülte den letzten Bissen mit einem Schluck Cidre nach. Putzmunter bog sich Charlie in den Hüften, während sie mit dem Mann auf der Ladefläche palaverte. Ihr Lachen war bis hierher zu hören. Reglos, stumm wie eine seiner Figuren stand Linus neben seiner biegsamen Tante und wartete darauf, dass es weiterging. Stoisch schaute er in Zürns Richtung. Zürn warf die Serviette in den Abfallkorb neben dem Wagen und brachte die leere Dose zurück. Der Marktbetrieb wurde weniger, einige Händler begannen bereits mit dem Abbau.

Als er sich umdrehte sah er Charlie und Linus, wie sie gerade über den Marktplatz zu den Parkplätzen gingen. Sie voran, er mit der Kiste auf der Sackkarre und zwei prallen Tüten, die an den Griffen baumelten, in einigem Abstand hinterher. Ein herrschaftliches Bild wie aus vergangenen Zeiten, nicht unbedingt für das Familienalbum. Linus der Kirchenräuber und Kirchendiener, Linus der Künstler, der Steinmetz, Linus der Gehilfe, der Bedienstete; und immer wie ein dominanter Fixstern über seinem Alltag aus Verrichtungen und Anordnungen, seine Tante Charlie. Mal impulsiv, mal spöttisch, aber immer im Mittelpunkt, wie schon der Polizeiobermeister Stauch sich mit Wehmut in der Stimme erinnert hatte. Zweifellos ein Solitär in ihrer Altersklasse, fand Zürn, der dabei an seine Schwester denken musste, deren Lebenssinn nahezu ausschließlich darin bestand, ihre drei Kinder nebst dem sonst eher unauffälligen Erzeuger dieser Plagen zu hüten. „Ich führe eine Familie", betonte sie bei jeder Gelegenheit. Aber anders als die wendige und stürmisch bewegte Charlotte von Lößnitz, deren Auftritte immer einen gewissen Unterhaltungswert hatten, tat sie dies mit einem herrischen Eifer, der sie an jedem Abend einfach nur noch erschöpft in die Federn sinken ließ. Wie eine Glucke, die den ganzen Tag lang hinter ihren Küken her war. Oder wie ein Deutsches Reichshuhn, dachte Zürn, dem diese eigenartige Konstellation zwischen Tante Charlie und ihrem Neffen nach wie vor undurchschaubar blieb. Linus war doch ihr Neffe? Sah er das richtig? Schwester zu Schwester und daraus die Neffen und Nichten. Oder? Mit diesen Verwandtschaftsverhältnissen hatte er schon immer seine Schwierigkeiten, gerade dass ihm die direkte Verbindung Bruder und Schwester noch geläufig war. Auf alle Fälle gab Charlie in dieser Beziehung, und im Übrigen auch sonst zu allen Anlässen, den Ton an und das auf eine Art, die ihn nach wie vor faszinierte, wie Zürn sich eingestehen musste.

***

Inzwischen hatte er sie aus den Augen verloren.
Jemand stieß ihm von hinten in die Seite und als er sich verärgert umdrehte, saß Geist in seinem Rollstuhl dort und schaute zu ihm auf. Soweit ihm das in seiner Lage möglich war. Noch dazu mit dem breitkrempigen Strohhut auf dem Kopf, der nur eine begrenzte Sicht nach oben zuließ.
„Alles klar, Herr Kommissar?", raunzte er in Anspielung auf einen Falco Hit aus den Achtzigern.
„Paddy! Grüß dich. Was machst du denn hier? Einkaufen?"

Zürn war so überrascht über diese Begegnung, dass ihm nichts Besseres einfiel. Was sollte Geist hier wohl einkaufen, Gartenzubehör, Eingemachtes, vielleicht ein Stängelchen Hanf?
„Du warst auch schon mal origineller", antwortete Geist und hatte Mühe, seinen Rollstuhl gerade zu halten. Dauernd rannten einzelne Marktbesucher dagegen, die ihn in dem Gedränge zu spät bemerkt hatten.

Er machte eine hilflose Bewegung nach vorn.
„Ich muss hier weg. Lass uns irgendwo was trinken. Oder hast du was vor?"

Zürn überlegte kurz. Hatte er etwas vor nach diesem Tag und den sonderbaren Begegnungen mit Göttern und Gendarmen? Und jetzt, leibhaftig, auch noch der alte Kollege Günther Geist. Spannender ging es nicht mehr, entschied Zürn, der ohnehin nicht so genau wusste, was er mit dem Rest des Tages anfangen sollte. Zudem war es eine unerwartete Gelegenheit, herauszufinden, ob Geist ihn bei der Rettungsaktion vor der St. Andreas Kirche tatsächlich nicht erkannt hatte.
„Gute Idee. Wonach ist dir?"
„Blöde Frage. Sehe ich etwa nach Kaffee und Kuchen aus? Komm, fass mal an. Besser, du schiebst mich. Die rennen mich sonst noch um. Da vorn gibt es einen Bierstand."

Geist in Rentnergesellschaft bei Kaffee und Kuchen! Abgesehen von seiner bedauernswerten Lage hätte ein Blick in sein abgeklärtes, mit so ziemlich allen Tragödien der Menschheit vertrautes Gesicht genügt, um sich ihn an jedem Tresen dieser Welt vorzustellen. Nur nicht an einem gedeckten Kaffeetisch mit der Kuchengabel in der Hand. Zum zweiten Mal an diesem Tag packte Zürn den Rollstuhl an den Griffen und schob Geist durch die

Menge bis zu dem Bierstand am Ende des Platzes.
„Was Bestimmtes, Pils, Weizen, Helles?"
„Helles natürlich", brummte Geist und rangierte seinen Rollstuhl neben eine freie Bank. Hier, am äußersten Rand des Marktes war es nicht mehr so voll, die Menge verlief sich und man hatte genügend Platz und Luft zum Atmen. Mit zwei geöffneten Flaschen in der Hand kam Zürn zurück und setzte sich auf die Bank, nahe neben Geist. Sie stießen an. Die hiesige Bier-Kultur war Zürn noch immer fremd, aber nach den gründlichen Apoldaer-Exerzitien im „Werra Blick" lief es ihm mittlerweile einigermaßen glatt herunter. Geist hingegen brauchte sich nicht erst zu überwinden und gurgelte mit geschlossenen Augen in einem Zug die halbe Flasche leer. Das mit der vielen Qualmerei soll ja ordentlich Durst machen, wie Zürn einmal gehört hatte. Ihm selbst fehlte damit die Erfahrung. Gelöst setzte Geist die Flasche ab und starrte vor sich hin.
„Übrigens", wandte er sich nach einer Schweigeminute an Zürn und schob seinen Strohhut aus der Stirn. „Danke nochmal."
„Danke? Für was?"
Geist musterte ihn hintersinnig.
„Hör zu, Arno. Ich krieg zwar mich und auch sonst keinen mehr hoch, wenn man es mal so betrachtet, aber alles andere funktioniert noch. Du verstehst?

Kein Mensch hier trägt solche modisch verknitterten Leinenhosen, noch dazu mit diesen Mafioso-Schlappen. Außer dir."

Zürn blickte auf seine Füße. Mafioso-Schlappen! Sie waren zwar schon älter und das Leder zeigte trotz innigster Pflege bereits die ersten Risse, aber im Sommer trug er die Dinger am liebsten, falls es nicht gerade regnete. Auch war mit den flachen Tretern nur ein bedächtig schlurfender Gang möglich, was Zürn besonders genoss, da es ihm ein Gefühl von Gelassenheit und Entschleunigung vermittelte. Aber Mafioso! Was für Filme schaute Geist? Also hatte er ihn bei dem Gerangel mit dem verkeilten Rollstuhl an den Schuhen und den Leinenhosen erkannt, die unter dem Strohhut gerade noch in seinem Blickfeld lagen. Im Lärm des Markttreibens um ihn herum vernahm Zürn auf einmal eine innere Stimme, die ihm deutlich zu verstehen gab, dass dies genau der richtige Zeitpunkt war, um klare Verhältnisse zu schaffen.

„Gern geschehen", erwiderte er souverän. „Ich kann ja schließlich nicht tatenlos dabei zusehen, wie dir die Kollegen auf die Pelle rücken. Das wäre doch mit Sicherheit schief gegangen. Oder, was meinst du?"

Geist schwieg. Zürn schwieg. Ein spannender Moment, ähnlich wie seinerzeit im gerichtsmedizinischen Institut nach einer Obduktion, wenn die

entscheidende Frage nach dem Todeszeitpunkt des sezierten Opfers anstand. Abwartend sahen sie sich einige Sekunden lang an und dann mussten sie plötzlich beide lachen. Geist verrutschte der Strohhut und bei dem Versuch ihn wieder gerade zu rücken, verschluckte er sich und schnappte nach Luft. Es schüttelte ihn wie trockenes Herbstlaub. Selbst der Rollstuhl wackelte. Betreten sah Zürn zur Seite bis Geist sich wieder beruhigt hatte. Was hätte er tun sollen? Er konnte ihm ja schlecht, wie sonst in so einer Situation üblich, auf den Rücken klopfen. Zürn nahm die leeren Flaschen und stand auf.
„Ich hol uns nochmal zwei."

Geist nickte und kramte ein Taschentuch hervor. Ihm tränten die Augen. Er schnäuzte sich mehrmals heftig und zog seinen Strohhut tiefer.

Während Zürn in der Schlange vor der Bierbude anstand, musste er dummerweise an seinen Cousin Dietrich denken, dem er dieses Abenteuer zu verdanken hatte, auch wenn der gerade gar nicht in die Szenerie passte. Trotzdem. Wenn Dietrich wüsste, was ihm durch seinen Rückzieher entgangen war, welch tiefgründige Einblicke in die eigene Seelenlandschaft solch eine Kur mit sich brachte, nicht zu vergessen die aufregende Lehrstunde über die wahre Beschaffenheit einer Bratwurst. Und das alles in kürzester Zeit, ohne eine einzige verordnete

Anwendung. Wie von selbst. Aber für derartige Wahrnehmungen fehlte dem verbissenen Laufknecht sowieso jeglicher Sinn, er verfolgte ja andere Ziele.

Zürn rückte einen Schritt vor. Je mehr Marktstände abgeräumt und verpackt waren, desto stärker wurde das Gedränge vor der Bierbude. Offenbar ein eingeübtes Ritual unter den Markthändlern; ein letzter Schluck, ein letzter Schwatz und dann ab nach Hause. Als Zürn schließlich dran war und danach mit den Flaschen in der Hand wieder auf der Bank Platz nahm, steckte Geist gerade sein Telefon ein.

„Linus kommt in einer Stunde und holt mich ab."

Zürn reichte Geist das Bier.

„Woher kennt ihr euch eigentlich?"

Geist zögerte.

„Lange Geschichte, nicht ganz einfach. Und wahrscheinlich auch schwer zu verstehen", fügte er nach einem tiefen Atemzug hinzu und setzte die Flasche an. Ringsum standen Gruppen von Händlern und Einheimischen. Es wurde gefeixt und angestoßen, diskutiert und lautstark gestritten. Nachdenklich musterte Geist seinen alten Kollegen.

„Gehst du eigentlich manchmal in die Kirche? Ich meine, einfach so. Nicht als Kommissar, eher wegen der Ruhe. Ich bin immer gern rein, überall wo ich gerade war. In Irland sind sie nicht so prunkvoll wie sonst in der Welt und die Leute dort gehen tatsächlich in die Kirche, um zu beten und zu beichten. Ich brauch das nicht, Sünden habe ich schon lange keine mehr begangen. Wie auch."

Er kicherte anzüglich. Zürn zog die Schultern hoch. „Ich habe es nicht so mit der Kirche."

„Aber heute. Heute warst du doch in der Kirche, in zwei Kirchen sogar."

„Ja, richtig", antwortete Zürn. „Das war aber mehr aus kulturellem Interesse. Wenn ich schon mal hier bin. Warum fragst du?"

„So, so, kulturell nennst du das", schnaufte Geist und versuchte sich etwas aufzurichten, was ihm jedoch nur halbwegs gelang. Fast wäre ihm dabei die Flasche aus der Hand gerutscht. Schmerzhaft verzog er das Gesicht und für einen Moment sah es aus, als wollte er vor lauter Zorn über seine Hilflosigkeit die halbleere Bierflasche auf der Armlehne des Rollstuhls zerdeppern. Dann sackte er wieder in seine schräge Position zurück.

„So eine Scheiße", keuchte er und umklammerte die Bierflasche. Zürn fasste sich ein Herz. Bisher hatte er darauf gewartet, dass Geist von sich aus damit anfing, aber die Frage beschäftigte ihn seit ihrer überraschenden Begegnung in Linus' Atelier.

„Was ist eigentlich mit dir, hattest du einen Unfall?"

Geist sah ihn trotzig an und wischte sich über sein nasses Kinn.

„Rückenmark. Unheilbar. Und es kommt nicht davon, wovor uns der Pfarrer damals immer gewarnt hat. Alles klar? Mehr brauchst du nicht zu wissen. Ich beschäftige mich auch nicht mehr weiter damit. Ich ziehe es vor, die Zeit, die mir noch bleibt, sinnvoller zu nutzen."

„Mit Kirchgängen?"

„Was ist daran so ungewöhnlich? Soll ich etwa den ganzen Tag vor mich hin jammern? Da erledige ich doch lieber meine Christenpflicht und tue Gutes."

Christenpflicht! Geist und Christenpflicht, im Rollstuhl, beladen mit den heiligen Preziosen, versteckt unter einer Decke auf seinen Knien, auf dem Weg zur Absolution. Na gut, ihm schien es auf alle Fälle zu helfen in seinem Unglück. Im Grunde war Zürn erleichtert, dass Geist so kurz angebunden reagiert hatte. Damit war die Sache erst einmal vom Tisch und stand nicht mehr zwischen ihnen. Aufgebracht fummelte Geist an der Seitentasche unter der Armlehne herum und Zürn hoffte, dass er jetzt nicht seine Rauchutensilien hervorkramte. Das könnte Ärger geben. Stattdessen zog er ein gefaltetes Blatt hervor.

„Hier, damit du siehst, dass ich keinen Scheiß erzähle. Ich finde, das ist das Beste, was ich noch tun kann. Außerdem ist es spannend und macht sogar

Spaß. Es sei denn, man bleibt mit dem verdammten Rollstuhl in einer Ritze hängen. Dann hilft nur noch der liebe Gott."

Er gurgelte den letzten Schluck aus der Flasche herunter und hielt sie prüfend gegen das Licht. „Oder die Polizei", fügte er zweideutig hinzu. Seine Stimme klang belegt. Zürn faltete das Blatt auseinander. Wie er schon vermutet hatte, war es eine Liste der Dorf- und Stadtkirchen beider Gemeinden im näheren Umkreis, manche mit Haken und Kennziffern davor.

„Was ist damit?"

Geist hüstelte schwach.

„Ja, das Ende naht. Kommt her zu mir alle, die ihr mühselig und ordentlich beladen oder sonst wie durcheinander seid und so weiter. Die Litanei sollte dir noch bekannt vorkommen. Das ist mein Arbeitsplan für diese Woche. Jeden Tag eine andere Kirche und immer schön die Augen offen halten. Der Heilige Geist ist überall!"

Er lachte kindisch und schwenkte dabei die Bierflasche, als stände er als Zuschauer am Rand eines Karnevalzugs, was nicht so recht zu seiner sonst eher besonnenen Art passte. Er schien wirklich nicht in bester Verfassung zu sein. Zürn war schon lange klar, was er mit Arbeitsplan meinte. Nur die Geschichte dahinter kannte er noch nicht.

„Wenn ich dich richtig verstehe, pilgerst du durch die Kirchen und bringst ihnen dabei jedes Mal eine von den Heiligtümern aus der Truhe mit, die Linus dann zurück an ihren alten Platz stellt."

Geist hatte sich wieder beruhigt.

„Pilgern ist gut. Gar nicht mal so schlecht finde ich. Besser, als einfach aufzugeben und im Trübsal zu enden. Was meinst du?"

Das erste klare Wort von ihm, ohne boshaften Nebensatz, ohne Doppelsinn. So gesehen hatte er tatsächlich recht mit seiner Auffassung, musste Zürn zugeben; alles war in seinem Fall besser als zu resignieren. Selbst seine geheimen Botengänge bekamen unter diesem Gesichtspunkt noch einen außerplanmäßigen Sinn.

„Finde ich auch", pflichtete Zürn solidarisch bei, obwohl es ihm dabei nicht ganz geheuer war. „Und was ist mit Linus, kanntet ihr euch schon?"

„Quatsch. Woher denn. Erst viel später. Alles fing mit dieser Bude an. Zunächst waren wir nur Nachbarn. Es ist auch nicht ganz einfach mit ihm. Er ist nicht der Typ, der einem über den Zaun hinweg freundlich grüßt, es braucht eine Weile bis man an ihn rankommt. Feiner Kerl und obendrein ein echter Künstler, für den sich leider kein Arsch interessiert", krächzte Geist noch immer mit rauer Stimme. „Am Anfang war ich ja immer nur kurz da, um nach dem

Rechten zu schauen, und bin gleich wieder abgehauen, weil ich das Elend nicht mehr sehen konnte. Erst viel später bekamen wir Kontakt und Linus hat mich auch dazu gebracht, die Renovierung anzugehen. Man hatte mir damals das Häuschen ja quasi untergejubelt, gleich nach der Wende. Offiziell nennt man das geerbt, aber ich kannte diesen entfernten Verwandten überhaupt nicht. Angeblich ein ehemals beliebter Schauspieler und später, im Alter, völlig verarmt und allein. So sah es dort auch aus. Alles verkommen und veraltet, nicht mal eine vernünftige Heizung war drin. Niemand aus meiner Familie wollte die Ruine haben, ich war wohl der letzte in der Reihe."

Zürn drehte seine Flasche in den Händen. Geist starrte ins Leere.

„Auch ich hatte anfangs keinen Bock auf die Hütte. Was sollte ich damit, auch noch in Thüringen! Das war doch fremdes Land für mich. Anfangs war ich ein paar Mal hier und habe mir alles angeguckt und jedes Mal habe ich mir vorgenommen, den ganzen Krempel wieder zu verkaufen. Das ist aber nie was geworden und ich habe schließlich nachgegeben, irgendwas musste ich ja machen. Gott sei Dank könnte man sagen. Heute bin ich froh, dass ich die Bude habe, statt mir den ganzen Tag die Wände in einem beschissenen Pflegeheim anzuschauen. Aber zuerst! Im Osten! Damals dachte ich noch, hier kämen nachts die Wölfe, aus Polen, aus der Ukraine oder sonst woher. Das hätte mir mal einer erzählen sollen, wo ich doch eigentlich vorhatte, meine Rente in einem schön gelegenen Cottage mit Blick auf die irische See abzusitzen. Egal, was soll's. Man sollte sich nie zu viel vornehmen. Meistens kommt es dann doch anders und jetzt ist es halt mein kleines Häuschen in Thüringen. Mittlerweile wohne ich schon bald vier Jahre hier und es gefällt mir sogar, wenn ich ehrlich bin. Schade, dass ich nicht früher darauf gekommen bin. Ich finde die Leute hier entspannter, nicht so geschwollen wie viele unserer Besserwisser, denen man nichts recht machen kann. Den Meisten jedenfalls. Idioten gibt es überall, selbst in Irland. Linus hat sich all die Jahre, als ich noch für den Pharmakonzern unterwegs war, um alles gekümmert, die Handwerker besorgt und manches auch selber gemacht. Er kann auch fast alles, das haben die hier drauf. Natürlich habe ich ihn dafür ordentlich bezahlt. Er hat mir viel geholfen. Auch jetzt noch. Auf ihn ist wirklich Verlass."

„Und was ist mit seinen Figuren, was hat das zu bedeuten?"

„Kann ich dir auch nicht sagen. Manchmal denke ich, er schafft sich damit ein Vaterbild. Vielleicht redet er auch mit Ihnen. Keine Ahnung. Wenn, dann hören sie ihm wenigstens zu. Anders als seine Tante, die immer was an ihm auszusetzen hat."

Geist starrte vor sich hin. Das mit dem Vaterbild könnte sogar stimmen, dachte Zürn. Auch wenn man bei Linus und seinen ewig gleichen Gestalten schon nicht mehr von schöpferischer Kraft reden konnte, die nach Ausdruck suchte. Eher von Zwang.

Das Gedränge an der Bude löste sich langsam auf. Mit panzerähnlichem Motorgeheul rumpelte der alte Militärlaster über den Platz, die letzten Fahrzeuge und Anhänger verschwanden in den Seitengassen.

Es wurde stiller.

„Und?", fragte Zürn vorsichtig. „Wie war das jetzt, mit der Truhe und den Heiligtümern darin? Was weißt du über die Geschichte, wie fing sie an?"

Geist hielt Zürn die leere Flasche hin.

„Ich brauch noch eins."

Zürn erhob sich. In der Bierbude waren sie schon am Aufräumen. Flaschen klirrten und ein junger Kerl, groß wie ein Baum, stapelte die Kästen mit Schwung auf einen Hänger, dass es nur so schepperte. Im Nu war Zürn zurück. Geist hatte mächtig Brand, es lief wie Wasser. Mit geschlossenen Augen setzte er ab und rülpste mehrmals verhalten. Obwohl ein gebürtiger Niedersachse, auch noch aus Hannover, schaute er dabei derart altfränkisch verdämmert unter seinem Strohhut hervor wie ein Wallfahrer beim Anblick der Altenburger Gnadenkapelle.

Tapfer raffte er sich noch einmal auf.

„Das ganze Kirchengedöns bei uns ist im Grunde genommen doch nur ein Dienstleistungsbetrieb für religiöse Bedürfnisse. Mehr nicht. Sonntagvormittag rein, ein, zwei Stunden stillhalten und dann ab zum Mittagessen. Hier ist oder war das zumindest schon immer was anderes. Vor allem in der evangelischen Kirche. Es heißt ja nicht umsonst Protestantismus, denk nur mal an die Montagsdemonstrationen. Dann die Jugendarbeit, die Sache mit dem Wehrdienst verweigern, gemeinsame Aktionen, die Demokratiebewegung. Alles fand in den Kirchengemeinden statt. Das war nicht einfach nur so eine aufgeblasene Vereinsmeierei wie in einem gewöhnlichen Kegelklub."

Zürn war richtig verblüfft über Geists Ungestüm. Das hätte er dem selbstironisch verknitterten Gerichtsmediziner nicht zugetraut, obwohl ihm die Worte seltsam vertraut vorkamen.

„Woher hast du denn deine Einblicke in die damaligen Verhältnisse?"

Geist sah ihn herausfordernd an.

„Wie, woher? Von Linus natürlich. Wir sitzen ja nicht nur rum und dröhnen uns zu wie zwei Hundertjährige im Altersheim. Außerdem interessiert mich das alles. Vielleicht hat das auch was mit meinem ehemaligen Beruf zu tun. Ich habe ja seinerzeit Medizin studiert, um den Menschen zu helfen und nicht, um sie auseinander zu nehmen wie ein Automechaniker. Und die Pharmanummer kannst du auch vergessen, von wegen Arzneien zum Wohl der Menschheit. In erster Linie geht es dabei immer nur um die Kohle. Das hier, die Angelegenheit mit dem Kirchenkram, wo alles herkommt, wie es entstanden ist, das ist was Anderes. Das hat Sinn, das ist wie ausgleichende Gerechtigkeit, da kommt wieder zusammen, was zusammengehört. Für mich ist das wie eine späte Berufung, oder von mir aus eine Art Wiedergutmachung. Nenn es wie du willst. Ich find' es jedenfalls gut. Auch ohne Gebetbuch. Außerdem habe ich gerade nichts Besseres zu tun."

Erschöpft und offensichtlich selbst verwirrt von seinem leidenschaftlichen Plädoyer gurgelte Geist in einem Zug den Rest der Flasche herunter. Zürn schaute sich um. Der alte Ford Bus war noch nirgendwo zu sehen.

„Und Linus, was ist mit seiner Geschichte?"

„So genau weiß ich das gar nicht. Darüber hat er sich immer nur zurückhaltend geäußert. Es gab da wohl mal einen Pfarrer, der sich besonders für die Jugendarbeit engagierte. Eine kleine Gruppe

mit künstlerischen Ambitionen; Musik, Malerei, Theater. Alles, was nicht so richtig ins offizielle Staatsprogramm passte und Linus war mit dabei."
„Auch Charlie, ich meine Charlotte, seine Tante?", unterbrach ihn Zürn.

Geist rülpste hörbar. Die Luft war raus.

„Eine wirklich scharfe Tante, würde ich mal sagen. So eine Verwandtschaft hätte ich auch gern gehabt. Na ja. Was soll's. Bringt eh nichts mehr. Ja, sie war auch mit von der Partie. Aber nur beim Theater, wenn ich Linus richtig verstanden habe. Sonst ging sie ihre eigenen Wege und die Jungs blieben unter sich. Außerdem war sie ja schon älter und hatte wahrscheinlich andere Interessen als diese Pfadfindertruppe."

Andere Interessen. Geist senkte den Blick und sah auf seine Hände, die die Bierflasche umklammert hielten. Selbst auf ihn, den weltabgewandten Einzelgänger, der sich, wenn auch nicht aus eigenem Antrieb, inzwischen vornehmlich in Gotteshäusern aufhielt, man könnte auch sagen, herumtrieb, hatte Charlies Ausstrahlung ihre Wirkung offensichtlich nicht verfehlt.

„Jedenfalls geriet die Clique um den Pfarrer mit ihren Aktivitäten zunehmend ins Visier der Staatssicherheit. Verhaftet hätte man sie wahrscheinlich nicht gleich, aber es gab ja noch andere Möglich-

keiten, sie zu drangsalieren. Muss richtig übel gewesen sein. Teilweise hat die Verwaltung damals die Kirchenräume auch einfach als Lager oder Werkstätte besetzt und die Gemeinde daraus vertrieben. Um zu verhindern, dass die wertvollen liturgischen Gerätschaften bei einer solchen Aktion verloren gingen, hat die Gruppe beschlossen, sie aus der Kirche zu entfernen und an einem sicheren Ort aufzubewahren. Wenn es sein musste, bis zum jüngsten Tag."
„Und dieser sichere Ort war der Park oben neben deinem Häuschen?"
„Ja. Sie haben den ganzen Kram heimlich, Stück für Stück aus den Kirchen geschafft und Linus hat alles in eine Kiste gepackt und dann oben auf dem Grundstück vergraben."
„Und weiter, warum bringt ihr die Stücke ausgerechnet jetzt wieder zurück?"
„Das weiß ich nicht. Wahrscheinlich wegen des Schreiners, den Charlie bestellt hat und der immer noch an die Auferstehung des alten Systems glaubt. Der wartet doch nur darauf, Linus was anzuhängen. Irgendwas läuft da schief zwischen den beiden. Scheint eine alte Sache zu sein. Vielleicht auch wegen des ganzen Theaters mit den Umbauten, die vielen Handwerker, die ständig auf dem Grundstück waren und überall ihr Zeugs herumliegen

ließen, die Pensionsgäste, die ab und zu durch den Park schnüffelten und in jede Ecke schauten. Keine Ahnung. Gut möglich, dass einer von denen irgendwann einmal zufällig auf die Truhe gestoßen wäre. Jedenfalls hat Linus damals dem Pfarrer versprochen, alles wieder an seinen alten Platz zu bringen, sowie die Zeit dafür gekommen ist. Jetzt ist sie das wohl und ich helfe Linus dabei. Was dagegen?"

„Was soll ich dagegen haben? Aber warum ausgerechnet du, wo sind die anderen von damals?"

„Du nervst", antwortete Geist, der zusehends abbaute. „Das habe ich dir doch schon erklärt. Ich bin mir das schuldig, kapier das doch mal. Oder hast du einen besseren Vorschlag für mich? Den Pfarrer gibt es nicht mehr und wo die anderen aus der Clique sind, musst du Linus fragen. Er ist jedenfalls mit dem ganzen Kram allein geblieben und mich kann sowieso keiner mehr für irgendwas belangen. Ich pfeif' auf die ganze weltliche Gerechtigkeit."

Wie bestellt knatterte soeben der alte Ford mit Linus am Steuer die Michaelisstraße hoch. Zürn stand auf.

„Eine letzte Frage noch. Weiß die Tante, weiß Charlie von der Sache?"

„Wo denkst du hin. Nein, natürlich nicht! Das wäre eine Katastrophe geworden, wenn sie mitbekommen hätte, was ihr Neffe seinerzeit da heimlich, ohne ihr Wissen vergraben hat. Es ist ja ihr Anwesen, sie hätte man doch dafür belangt, wenn das herausgekommen wäre."

Zürn griff nach seinem Rucksack und stand auf. Linus wollte er jetzt nicht begegnen. Er musste erst einmal Ordnung in seine Gedanken bringen.

„Okay, Paddy. Dank dir für deine Geduld. Mach's gut. Vielleicht sehen wir uns heute Abend noch. Pass auf dich auf."

„Gute Idee!"

Geist wusste nicht wohin mit der leeren Flasche und stellte sie einfach neben sich auf die Bank. Die Unterredung hatte ihn sichtlich mitgenommen und die drei Bier taten das Übrige. Er konnte einfach nicht mehr. Bestimmt sehnte er sich jetzt nach seiner abendlichen Sitzung, zusammen mit Linus im verräucherten Atelier am „Werra Blick". Oder drüben, bei ihm, in der ehemaligen Ruine des längst vergessenen Schauspielers, dem eigentlichen Urheber seiner Odyssee ins Thüringische.

„Arno, das bleibt doch unter uns?"

„Ehrensache!"

Der Ford kam näher.

„Ich verlass mich drauf und Slán go foíll!"

Zürn blieb nochmal stehen.

„Was hast du gesagt?"

„Das ist irisch und heißt so viel wie bis bald. Oder, bis dann. Was auch immer das ausgerechnet jetzt bedeuten mag", erklärte Geist verschwurbelt und drehte seinen Rollstuhl Richtung Linus, der eben an der Ecke hielt und die Klappe am Bus öffnete. „Das kannst du dir aussuchen."

„Ja, bis bald", antwortete Zürn und eilte über den Marktplatz davon, Richtung Burgsee. Oder auch bis dann. Das wusste man bei dem früher so präzisen Geist mittlerweile nicht so genau, worauf er gerade anspielte. Zürn war noch nicht einmal in der Mitte des Marktplatzes angelangt, da bemerkte er verärgert, dass er seinen Rucksack vermisste. Er hatte ihn, fürsorglich wie er nun mal war, kurz abgestellt, um Paddys leere Flasche zurück zu bringen, und war dann in Gedanken einfach losgelaufen. Es half nichts. Er musste noch einmal zurück. Der Rucksack war alt und auch der Inhalt nicht von besonderem Wert, die Sonnenbrille, ein paar Taschentücher und dergleichen. Aber ganz unten, wie ein Stein im stillen Burgsee, lag der spät erblindete Heimatdichter Christian Ludwig Wucke und wartete auf seine Wiederkehr.

Zürn stellte sich hinter einen Baum und blickte zurück. Geist war passend zum Ende des Markttages mitsamt seinem Rollstuhl schon verladen. Der Ford wendete und fuhr davon. Zürns Rucksack stand noch immer auf der Bank.

Seltsam, dachte er, während er über den mittlerweile fast leeren Marktplatz lief. Daheim wäre er wahrscheinlich schon längst weg gewesen.

***

Jeder Mensch hat dann und wann das Bedürfnis nach innerer Ruhe, nach einem gelassenen Blick zurück, allein und in aller Stille. So auch Zürn. Er saß im „Thüringer Hof", genau an dem gleichen Platz wie neulich, nach der hitzigen Begegnung mit Charlie in den Solewelten. Heute war Sonntag und zugleich sein letzter Abend in Bad Salzungen. Den ganzen Tag über war er durch die Stadt gewandert, bis hinaus an ihre grünen Ränder. Sogar in der Pfarrkirche St. Andreas war er noch einmal gewesen, aber nach einem kurzen Moment gleich wieder gegangen. Die nachdenkliche Stimmung stellte sich nicht wieder ein. Auch waren zu viele Besucher in der Kirche, es kam einfach keine Ruhe auf. Schon morgen Vormittag ging sein Zug zurück nach Karlstadt und heute Morgen hatte er tatsächlich noch kurz überlegt, ein paar Tage auf eigene Rechnung anzuhängen. Ein unbestimmtes Gefühl ließ ihn schwanken. Gehen oder bleiben, so genau konnte er es nicht sagen. Beinahe hätte er jetzt ein Gedicht aus seiner Schulzeit hervorgekramt, irgendwas mit Abschied und Wiederkehr, oder so ähnlich. Aber er bekam es nicht mehr zusammen, was wahrscheinlich auch an dem wuchtigen Rotwein lag, den er aus einer Laune heraus zum Essen bestellt hatte und der ihn schon nach dem ersten Schluck in einen ungewohnten Schwebezustand versetzte. Und dann noch dieser köstliche Mutzbraten, dessen Name ihn so possierlich an sorglose Kindertage im Garten seiner Großeltern erinnerte. Drei dicke Scheiben in einer würzigen Marinade, dazu ein Sauerkraut zum Reinknien und ofenwarmes Brot.

Rezept
2 kg Schweinefleisch aus dem Nacken, Salz, Pfeffer, Majoran gerebelt. Am Vortag das Fleisch kalt abspülen und mit Küchenpapier trocken tupfen. In etwa 8 x 8 cm große Stücke schneiden. Majoran, Salz und frisch gemahlenen Pfeffer mischen und die Fleischstücke damit kräftig einreiben. Über Nacht abgedeckt im Kühlschrank marinieren lassen. Backofen auf 180°C vorheizen. Die Fleischstücke auf den Bratrost im Ofen legen, eine mit Wasser gefüllte Fettpfanne darunter schieben und bei 180°C Ober-Unterhitze etwa 90 Minuten garen.

Die dunkel getäfelte Gaststube füllte sich, aus dem Radio hinter der Theke kam Musik. Dazwischen die Nachrichten. Zürn lehnte sich zurück. Der Braten, das aromatische Kraut, der kräftige Rotwein, diese ganz und gar himmlische Abendvesper breitete sich in seinem Inneren aus wie ein Schwelbrand. Hitzewellen trieben ihm den Schweiß auf die Stirn. Er glühte innerlich, die gemütliche Ecke neben dem Kamin wurde ihm auf einmal zu eng. Geistesgegenwärtig nickte er der Bedienung zu, die gerade aufmerksam zu ihm herüberschaute und als er nach einem anständigen Trinkgeld schließlich wieder draußen auf dem Marktplatz stand, entschied er erleichtert, den Weg zurück zu laufen. Das Gedränge im Bus war ihm jetzt zu viel, er brauchte frischen Wind und freie Sicht. Beherzt warf er sich seine Jacke über die Schulter und marschierte los. Ein kurzes Stück durch die Stadt, vorbei an dem Einkaufscenter mit klassischem Namen und dann über die Bahnschienen auf den bewaldeten Hang zu, der wie eine dunkle Wand vor ihm aufstieg. Auf der Brücke, die über die Werra führte, blieb Zürn stehen und stützte sich auf das Geländer. Noch immer glühte der schwere Rotwein in seinen Adern nach und schwappte über, wenn er nach unten schaute. Friedlich erschien der Fluss. Leichter und heller als der dunkle, an manchen Stellen unberechenbare Main und nach einer Weile kam es Zürn sogar vor, dass er rückwärts floss. Er riss sich hoch und ging weiter, verließ die holprige Straße und lief abseits über ein weites Feld.

Ihm war etwas sonderbar zumute.

Was würde er Dietrich erzählen, wenn der ihn nach der geschenkten Kur fragte? Ganz bestimmt nichts von dem, was ihn bewegte und ihm widerfahren war, eher irgendetwas von einer erholsamen Zeit oder dergleichen. Und vielen Dank nochmal.

Es dämmerte bereits. Hier draußen bekam diese Wandlung vom Tag zur Nacht einen anderen Ausdruck. Ein Schauspiel mit rasch wechselnden Farben wie man es so zwischen den vielen Lichtern in den Häusern und auf den Straßen der Stadt meistens nicht mehr wahrnahm. Der Waldrand kam näher. Die gemähte Wiese leuchtete gelb im Abendschein und der noch klare Himmel verriet mit keinem Zeichen, dass ein Sturm aufzog. Auch den wenigen Wolken war nichts anzusehen, außer dass sich das Grün der Bäume unmerklich dunkler zu färben begann.

Zürn erreichte das Waldstück. Ein lautes Rascheln lief durch die Baumkronen über ihm, das sich anhörte wie Zugluft über einer Feuerstelle. Und während er noch überlegte, was das Geräusch bedeuten könnte, begann es mit einem Mal zu regnen. Erst nur wenige Tropfen, dann immer stärker werdend. Er zog seine Jacke über und ging schneller, verfolgt von einer dunklen Sturmwand hinter ihm, die sich mit der Geschwindigkeit eines laufenden Mannes näherte.

Mit einem plötzlich hereinbrechenden Gewitter ist es wie mit bestimmten Befürchtungen; werden sie erst wahr, verlieren sie meist ihren Schrecken. Anders gesagt: ist man erst einmal bis auf die Haut durchnässt, fügt man sich in das Unvermeidliche.

So auch Zürn. Der Wind heulte und prasselte zwischen den Bäumen und es schüttete wie aus Eimern. Nirgends eine Möglichkeit, sich unterzustellen. Das Wasser rann ihm bereits in den Kragen und die leichten Slipper hingen ihm an den Füßen wie nasse Lappen. Immer wieder fegte der Wind lose Äste herunter, denen er ausweichen musste und dennoch packte ihn plötzlich ein beinahe kindischer Übermut. Was waren all die Beschwerden, die Zweifel und Zumutungen des Alters schon gegen dieses elementare Erlebnis, was das träge Plätschern in der warmen Sole gegen solch eine Feuerprobe inmitten der entfesselten Natur? Hier tobte das Leben! Das ganze Rentnerelend konnte ihm ein für alle Mal gestohlen bleiben.

Entschlossen stemmte sich Zürn in das Gewitter und brach vorwärts wie ein Landsknecht beim Sturm auf die Festung. Immerzu bergan. Nicht lange und ihm ging die Luft aus. Schwer atmend blieb er stehen und stützte sich an einen Baum. Sein Herzschlag beruhigte sich. Das Gewitter zog weiter, das Grollen entfernte sich und der Abendhimmel klarte auf. Es wurde stiller und jetzt hörte Zürn in der Nähe auch wieder die Hühner gackern. Die Luft hatte sich nach dem Regen stark abgekühlt und ihm war auf einmal kalt in seinen nassen Klamotten. Ermattet stolperte er weiter bis zur Bushaltestelle am Waldrand und nach wenigen Metern auf der ruhigen Straße stand er schon in der Toreinfahrt zur Pension. Als erstes zog er seine durchweichten Schuhe aus, stopfte die halben Socken in die Jackentasche und krempelte die Hosenbeine hoch. Nach dem Marsch durch das verholzte Waldstück nun barfuß mit den Schuhen in der Hand im nassen Gras zu laufen, war eine Wohltat. Voraus huschten bereits die Lichter der Villa über den Rasen. Oder waren es Leuchtkäfer? Zürn wischte sich über die Augen. Er war fix und fertig. Was er jetzt brauchte, waren eine heiße Dusche und trockene Sachen. Er beschleunigte seine Schritte. Die Fenster im Erdgeschoss der Villa standen fast alle offen und leuchteten einladend. Er lief weiter. Auch im Atelier schimmerte es schwach durch die verdreckten Scheiben. Nicht so festlich, eher ein wenig düster und unergründlich, aber trotzdem beneidete Zürn Linus und Geist für den Augenblick. Wahrscheinlich dösten sie gerade beseelt von ihren jeweiligen Substanzen im Trockenen vor sich hin und ließen den Tag in trauter Zweisamkeit ausklingen, während er sich heimwärts schleppte. Die Kate am Ende des Grundstücks kam in Sicht. Wie ein Schiffbrüchiger auf die Lichter am nahen Ufer steuerte Zürn mit letzter Kraft darauf zu und öffnete die Haustür. Es war stockfinster in dem engen Flur. Er drückte den Lichtschalter. Nichts. Noch einmal. Immer noch nichts. Wahrscheinlich ist die Birne kaputt, dachte er und tastete sich weiter. Er erreichte die Küche, aber auch hier tat sich nichts. Eine leichte Panik, eher eine Konfusion, erfasste ihn. Ausgerechnet jetzt! Nicht mal eine Taschenlampe hatte er zur Hand. Auf dem Küchentisch stand noch immer die Kerze, daneben lagen die Streichhölzer. Mit der brennenden Kerze in der Hand, sah Zürn sich um. Ihn fröstelte. Anscheinend hatte es irgendwo einen Kurzschluss gegeben. Er war zwar handwerklich nicht sonderlich geübt, aber um eine herausgesprungene Sicherung wieder zu aktivieren, hätte es noch gereicht. Er tappte hinaus in den Flur. Der flackernde Kerzenschein zitterte über die Wände und warf seinen Schatten voraus. Aber wo war der verdammte Sicherungskasten? Nirgendwo war etwas Ähnliches zu sehen. Oben vielleicht. Zürn zögerte. Mit der tropfenden Kerze die dunkle Treppe hinauf, überall das alte knarzende Holz, trocken wie Zunder? Er ging wieder zurück in die Küche und rief in der Villa an.

Charlie war gleich am Telefon.

„Hat Linus Ihnen das nicht gezeigt? Der Sicherungskasten ist unter der Treppe, am Abgang zum Keller. Haben Sie eine Taschenlampe dabei?"

Zürn wurde ungeduldig.

„Wieso sollte ich eine Taschenlampe dabeihaben?"

Sie schwieg.

„Warten Sie einen Moment. Ich bin gleich bei Ihnen."

Er setzte sich. Die noch immer feuchte Hose, das Hemd, alles pappte an ihm, bestimmt gab er ein jämmerliches Bild ab. Gleich würde Charlie auftauchen und er saß hier wie ein Bedürftiger, der auf eine warme Suppe wartete. Zudem spürte er jetzt auch noch eine Schwellung über dem rechten Auge, die nun, im Ruhezustand, anfing zu schmerzen. Und ohne Strom gab es im Augenblick ja auch kein heißes Wasser, fiel ihm zu allem Überdruss noch ein. Es würde bestimmt eine ganze Weile dauern, bis der Boiler wieder Temperatur hatte. Während Zürn noch nach einem halbwegs erträglichen Ausweg aus seiner unangenehmen Lage suchte, hörte er auch schon die Haustür schlagen. Der Lichtstrahl einer Taschenlampe kam näher, Charlie betrat die Küche und er schloss geblendet die Augen.

„Mein Gott, Herr Zürn! Wie sehen Sie denn aus?"

Zürn hielt die Hand vor seine Augen.

„Nehmen Sie bitte die Taschenlampe weg", sagte er gereizt. Charlie stand vor ihm wie eine außerirdische Erscheinung im Strahlenkranz und er war sich nicht sicher, ob sie seinen Anblick erheiternd oder bedauernswert empfand.

Beides war ihm peinlich.

„Warten Sie, ich mach uns Licht."

Sie drängte sich an ihm vorbei und verschwand durch eine schmale Tür unter der hölzernen Treppe. Eine Metallklappe quietschte, es klackte kurz und in der gleichen Sekunde ging im Flur und in der Küche das Licht an. Zürn blickte auf seine hochgekrempelten Hosenbeine mit den nackten Füßen darunter, daneben die durchweichten Mafioso Schlappen. So eine Kur war doch eine aufregende Sache, dachte er verstimmt, während er Charlie auf der Kellertreppe hantieren hörte. Man lernt neue Leute kennen, neue Landschaften, neue Gerichte und Getränke und erfährt vor allen Dingen Neues über sich selbst. Jedenfalls, wenn es einigermaßen läuft und man nicht den ganzen Tag im Bademantel am Beckenrand hockt. Auf das Bild, welches er im Moment abgab, hätte er zwar gern verzichtet, aber sei's drum; die Wege der Selbsterkenntnis sind oft verschlungen und am meisten Platz ist noch immer zwischen allen Stühlen. So wie jetzt. Zürn hatte keine Ahnung, wie es nun weitergehen sollte, aber es regte sich in ihm plötzlich auch eine leise Neugierde darauf. Schlimmer konnte es jetzt nicht mehr

werden. Charlie kam wieder unter der Kellertreppe hervor, verriegelte die schmale Tür und setzte sich zu ihm an den Tisch. Sie steckte in einem verwaschenen dunklen Hausanzug, hatte die Haare wie meistens, nachlässig hochgesteckt und trug elfenbeinfarbene Ohrstecker, groß wie Haselnüsse. Sie schauten sich an. Trotz aller Verlegenheit über sein derzeitiges Erscheinungsbild, empfand er ihre Gegenwart auf einmal als unerwartet wohltuend. Was hätte er jetzt ohne sie angefangen? Nicht mal den Sicherungskasten hätte er im Dunklen gefunden und Linus bei seinen abendlichen Entspannungsübungen zu stören und um Hilfe zu bitten, wäre ihm heute schwergefallen. Außerdem mochte er ihr Parfüm, das ihn über den Tisch hinweg anhauchte wie eine laue Abendbrise nach einem schwülen Sommertag und ihn für einen Augenblick auf andere Gedanken brachte. Charlie musterte ihn besorgt.
„Sie sind ja ganz nass. Sind Sie denn nicht mit dem Bus gekommen?"
„Ich bin gelaufen", antwortete Zürn nicht ohne Stolz auf sein überstandenes Abenteuer im stürmischen Wald bei Blitz und Donner.
„Zu Fuß aus der Stadt, bis hier hinauf, bei dem Unwetter?"
„Das war ja nicht vorauszusehen."
   Wie so einiges in dieser geschenkten Auszeit. Auch

dieser Moment. In Zürn vibrierte es, ihm wurde heiß und kalt zugleich. War es Charlies Nähe? Oder die klammfeuchten Hosen? Sie stand auf und verschwand im Flur. Er hörte sie die Treppe hinauflaufen und dann kam sie mit zwei großen Handtüchern wieder zurück.

„Hier, bevor Sie sich sonst was holen. Trocknen Sie sich erstmal ab!"

Er hatte keine Ahnung, was er sich holen könnte und vor allen Dingen wusste er nicht, wie er jetzt vorgehen sollte. Sich ausziehen, wenigstens das Hemd, am Ende gar die Hose? Als hätte sie seine Gedanken erraten, griff Charlie resolut nach seinen Händen und zog ihn vom Stuhl hoch. Zürn kam sich vor wie ein Pflegefall.

„Stellen Sie sich nicht so an. Wir sind doch beide nicht mehr im Kindergarten. Ich kann mich ja umdrehen, wenn Sie es wünschen. Oder soll ich Sie abtrocknen?"

Für ihn war das jetzt eine Frage der Selbsterhaltung. Nach dem stürmischen Auftritt in den Solewelten, in der neuen Badehose, nun die nächste Szene. Es blieb ihm jedenfalls nichts anderes übrig. Er zog sein Hemd über den Kopf. Charlie reichte ihm das Handtuch und drehte sich weg. Während Zürn sich abtrocknete, ging Charlie vor ihm zu Boden. Mit hochgerecktem Hintern wühlte sie im untersten Fach des alten Schrankes. Schüsseln, alte gusseiserne Backformen, ein Stapel Siebe kamen zum Vorschein. Alles Dinge, die man so gut wie nie braucht, schon gar nicht, wenn sie derart unzugänglich verstaut waren. Es klapperte und schepperte, sie wurde immer ungeduldiger. Dann endlich zog sie triumphierend eine dunkle Flasche aus der hintersten Ecke.

„Ich wusste es doch", kam sie katzenhaft biegsam wieder hoch und klopfte sich den Staub von ihrem schwarzen Hausanzug. „Portwein. Das ist genau das, was Sie jetzt brauchen. Hab ich vor Jahren mal von einem Urlaub aus Portugal mitgebracht. Lecker."

Lecker und genau das, was er brauchte. Na gut, warum nicht. Alles besser, als jetzt ein kaltes Apoldaer aus dem monströsen Kühlschrank. Schon gar nicht in seiner momentanen Verfassung. Charlie hielt die dunkle Flasche unter die Küchenlampe und wischte mit der Hand über das Etikett. „Quinta do Infantado Ruby Port", las sie mit zusammengekniffenen Augen vor. „Hört sich doch gut an."

Zürn hielt sich das Handtuch vor die Brust und nickte ergeben. Auf alle Fälle klang es nicht nach einem Beipackzettel und außerdem konnte er sich nicht daran erinnern, jemals ein Glas Portwein getrunken zu haben. Süß? Trocken, ähnlich wie Sherry? Zürn nahm sein nasses Hemd und das

Handtuch. Die Schwellung über dem Auge pochte immer heftiger.

„Ich bin gleich zurück", brummte er in ihre Richtung und verließ die Küche. Oben zog er die modisch zerknitterte Leinenhose aus, die jetzt eher aussah wie ein nasser grauer Mehlsack, hängte sie über den einzigen Stuhl neben dem Bett, trocknete sich gründlich ab und stieg in seinen Schlafanzug. Der nächste Rollenwechsel! Arno Zürn, Kommissar im Ruhezustand, sonst ein eher unauffälliger Zeitgenosse, tagsüber versteckt hinter Stapeln von Zeitungen und Büchern in seiner komfortablen Altbauwohnung im dritten Stock eines alten Hauses aus der Gründerzeit, und nun plötzlich auf offener Bühne. Wenn auch nur in einem verschwiegenen Stück für zwei Personen, das bisher noch nicht zu erkennen gab, ob es sich dabei um eine Komödie oder möglicherweise um schwereren Stoff handelte. Noch dazu im Schlafanzug. Glücklicherweise aus dem eigenen Fundus. Zürn wunderte sich über seine Gelassenheit, nicht einmal peinlich war ihm das ungewohnte Theater um seine Person. Im Gegenteil, es fing an ihm zu gefallen. Er warf noch einen Blick in den Spiegel, fuhr sich kurz mit der Bürste durchs Haar und ging wieder nach unten. Charlie saß am Tisch und hatte zwei stinknormale Wassergläser jeweils halbvoll eingeschenkt. Zürn setzte sich gegenüber. Ein bläulicher Schatten hing vor dem offenen Küchenfenster.

„Was anderes habe ich nicht gefunden." Sie hob ihr Glas, lächelte und sah dabei aus, als hätte sie auch gar nicht erst weiter danach gesucht. Der Portwein war hell, fast wie Bernstein. Er war viel stärker als Sherry und stieg Zürn schon nach dem ersten Schluck in den Kopf. Aber er wärmte und befeuerte seine ermatteten Sinne. Sie schwiegen beide. Charlie drehte ihr Glas in den Händen, Zürn lauschte den Geräuschen des vergehenden Sommerabends draußen im Park. Unmerklich wurde es Nacht. Die Kerze auf dem Tisch flackerte gleichmäßig. Ihr Licht brach sich in Charlies dunklen Augen, schimmerte unruhig auf dem elfenbeinfarbenen Ohrschmuck und brachte ihr rundes Gesicht zum Glühen. Vielleicht war es auch der Portwein. Sie beugte sich vor und strich Zürn vorsichtig mit einem Finger über die Stirn.

„Was haben Sie denn da? Haben Sie das noch nicht bemerkt? Das muss doch wehtun."

Zürn zuckte unwillkürlich zurück, obwohl sie die Schwellung über dem Auge überhaupt nicht berührt hatte. Sie roch wie ein reifer Apfel in Ruby Port getränkt. Er kam ein wenig durcheinander, die Bilder verschwammen vor seinen Augen.

Immer öfter in letzter Zeit, wenn er zu Hause am

Fenster stand und zusah, wie die altertümlichen Laternen längs der Allee vor seinem Haus eine nach der anderen angingen wie die Positionslampen einer Flughafen-Rollbahn ins Ungewisse, kamen ihm mitunter die wunderlichsten Gedanken. Allein? Er war immer gern allein gewesen. Er war dabei ja nicht einsam. Im Gegenteil, er genoss es und brauchte diese Stille nach dem lauten Dienst. Aber nun, zu Hause, bekam diese Stille plötzlich ein anderes Gesicht, und es wurde ja auch stiller um ihn, wenn er es einmal genau betrachtete. Die Tage verstrichen flüchtiger als zuvor und auch die Jahreszeiten wechselten schneller, als er die Kalenderblätter abreißen konnte. Das unbenutzte Fahrrad im Keller, der noch größtenteils ungelesene Fontane, sein krummer Rücken, die wenig ergiebigen, nur aus reiner Gewohnheit geführten Telefonate mit seiner Schwester; alles Sinnbilder seiner Unentschlossenheit? Trübe Gedanken, gewiss. Aber auch hilfreich, wenn er die letzten Tage mit einbezog. Schließlich waren sie es, die ihn letztendlich dazu gebracht hatten, auf Dietrichs Vorschlag einzugehen. Sonst säße er heute noch zu Hause und grübelte vor sich hin.

Zürn griff zu seinem Glas und sah Charlie an, die ihn die ganze Zeit über aufmerksam beobachtet hatte. Das war nun wirklich nicht der beste Zeitpunkt für derart komplizierte Überlegungen, besann er sich. Schon gar nicht in ihrer Gegenwart.

„So richtig weh tut es nicht. Es pocht halt unangenehm."

„Warten Sie! Kann sein, dass ich da was habe."

Sie stand auf und zog eine Schublade an dem alten Küchenschrank auf, in dem anscheinend alles untergebracht war, was zu einem aufregenden Pensionsbetrieb gehörte. Mit einer großen, schon reichlich zerdrückten Tube in der Hand, nahm sie wieder Platz.

„Arnika. Hilft immer. Besonders bei Schwellungen."

Sie sagte das auf eine Art, die bei Zürn sogleich eine unheilige, fast zirkusreife Bilderkette von an und abschwellenden Leibern und Gliedmaßen auslöste. Charlie brachte die Tube einigermaßen in Form und rückte mit ihrem Stuhl vor.

„Ein bisschen müssen Sie mir schon entgegenkommen. Sonst wird das nix."

Sonst wird das nix! Also gut, dachte Zürn, stand auf und schob seinen Stuhl so weit vor, dass sich die äußersten Ränder der Sitzflächen fast berührten. Darauf Platz zu nehmen gelang ihm nur, indem er rittlings aufstieg wie bei einem Pferd. Auch sie musste ihre Beine spreizen, um nicht mit den Knien aneinander zu stoßen. Sie drückte einen Klecks von der Salbe auf ihren rechten Zeigefinger und kam ihm mit ihrem Gesicht so nahe, dass er sie atmen hörte. Behutsam trug sie die Salbe auf und Zürn tat jetzt situationsgemäß nichts Verkehrtes, als er ihr seine Hand in den Nacken legte und sie zu sich heranzog. Sie küssten sich. Ihre Zartheit überraschte ihn. Kein Ungestüm, kein forderndes Drängen wie sonst. Selbst als sie den Reißverschluss ihrer Hausjacke öffnete, seine Hand ergriff und sie auf ihre nackte Brust legte, tat sie das sanft und beinahe rücksichtsvoll. Als ahnte sie seine Verletzlichkeit.

***

Der Morgen strahlte. Zürn öffnete die Augen. Das Zimmerchen im ersten Stock war noch immer klein und über allem schwebte noch immer dieser Duft nach Lavendel, der von unten aus der Küche heraufzog. Auf dem Stuhl, neben dem großen Bett, hing der dunkle Hausanzug über seiner Leinenhose. Charlie lag neben ihm auf der Seite und schaute ihn an.

„Hast du was Aufregendes geträumt?" fragte sie leise.
„Warum?"
„Du sahst so aus."
„Nein", antwortete Zürn, „Ich glaube nicht."
„Komm mit rüber. Ich mach uns Kaffee."

Später saßen sie, jeder mit seiner Tasse in der Hand, auf dem von Linus gezimmertem engen Hochsitz und blickten in die aufgehende Sonne.

„Schau mal", stieß sie ihn an und deutete voraus. Zürn folgte ihrem ausgestreckten Arm. Er sah Pappeln in einer Reihe, vielleicht waren es auch Birken, die er vorher noch nicht wahrgenommen hatte und dahinter ein glitzerndes Band, das immerzu vor seinen Augen verschwand und wieder aufblitzte. Auf und nieder. Wie ein Vexierbild, eine Sinnestäuschung.
„Was ist das?"
„Was wohl; die Werra natürlich", lachte sie und schmiegte sich an ihn.

***

Tage danach, längst wieder zu Hause, den Heimatdichter Wucke vor sich auf dem Küchentisch, bemerkte Zürn ein Stück Papier unter der Bank und bückte sich danach.
„Warten Sie bitte am Wasserturm auf mich", stand in einer bemerkenswert steilen Handschrift auf dem karierten Notizzettel. Unterschrieben mit Linus. Zürn nahm den Zettel und klemmte ihn unter dem farbigen Magnetclip mit dem Schriftzug von Bad Salzungen an der Kühlschranktür fest. Ja, das nächste Mal warte ich dort, nahm er sich vor. Bestimmt. Dann vertiefte er sich wieder in Wucke und seine „Sagen der mittleren Werra nebst den angrenzenden Abhängen des Thüringer Waldes und der Rhön".